JN124746

[Author]
紫南
shinan

[Illustration]
riritto

ダンゴ
迷宮を管理する精霊。
パックン同様、
コウヤの元眷属で
今は従魔に。
タリス
伝説の冒険者
兼ギルドマスター。
コウヤの良き
後ろ盾となる。
パックン
何でも収集する
ミミック。
神様時代のコウヤの
眷属で、
現在は従魔。
コウヤ
辺境ユースールの
冒険者ギルドで働く、
邪神の前世を持つ少年。
今の仕事が大好き。
登場人物紹介

神官殺し
年齢不詳の
伝説の暗殺者。
数百年にわたって
教会関係者を
襲っている。
ベニ
コウヤを育てた、
三つ子の老婆の一人。
突然現れ町の
教会を乗っ取る。
ゲン
ユースールの
腕利き薬師。
コウヤの加護を受け、
薬屋の主となる。
ナチ
邪神の巫女の職を
持つエルフ。
ゲンに弟子入りして
薬師の修業中。

特筆事項①　教会を乗っ取っていました。

大陸の北を統べる国、トルヴァラン。その最北の地にあるのが、辺境の町ユースールだ。

大型の凶暴な魔獣や、魔物が多く棲息する未開拓の地を抱えるこの町には、居場所を失った多くの者が流れ着く。食い詰めた者や、挫折し絶望した者。仲間に裏切られた者や、貴族に目を付けられて逃げて来た者など様々だ。

しかし、腐ったままの人はほとんどいない。多くの者が、この町を最後の砦として再起し、新たな人生を始める。大抵、そのきっかけを作るのは、冒険者ギルドに勤める一人の十二歳の少年。名をコウヤという。彼は冒険者ギルドに入る前の幼い頃から、屈託のない笑顔で道の端で座り込んでしまう者達に寄り添い、立ち直らせていった。こうして笑顔が溢れる町になったが、一つ問題を抱えていた。

流れてきた多くの者が、日銭を稼ぐための場所である、冒険者ギルドの上層部が腐っていたのだ。コウヤが入ることで改善されてきたが、本質が変わることはなかった。だが、冒険者達の訴えが本部に届き、現在、査察が入っていた。ギルドマスターを含めた上層部は既に捕らえられている。

新しくギルドマスターとして就任するのは、この世界の全ての冒険者ギルドをまとめる統括だった人だ。名をタリス・ヴィットという。コウヤと共に迷宮の氾濫（スタンピード）を食い止め、彼の秘密を知っても変わらない態度で接してくれたことからも、頼りになる上司としてこれから上手くギルドを差配してくれるだろう。

ユースールの町は、また少し良い方へと変わり出していた。

そんな変化を肌で感じるようになったその日。コウヤは、冒険者ギルドの二階にあるマスターの執務室に呼ばれていた。そこには、コウヤのよく知る来客の姿があった。タリスを今一度見てから、コウヤはその人に向き合う。

目の前で笑うのは、育ての親である、三人いる老婆の内の一人だ。会うのは半年ぶりくらいだろう。

「元気にしとったかい？」

「うん。ベニばあさまも元気そうだね」

「まだまだ元気さね。大掃除するのも容易いわ」

コウヤには秘密がある。タリスにも知られているそれは、かつてこの世界の神であったということだ。

二つ前の生で、人々の裏切りにより邪神となって討たれたコウヤは、その後、地球に人として生を受けた。そこで授かった肉体は弱かったが、魂の修復はなんとかできた。とはいえ、それは完全ではなく、今世でこの世界に帰って来たはいいが、神に戻ることはできなかった。

辛うじて人として生まれるしかなかったのだ。そのためには当然、人間の親が必要だった。

「それにしても……母によお似てきたねえ」

「そう？」

コウヤの今世での母は、この大陸中の教会をまとめる国――神教国で、聖女と呼ばれる立場の人だった。いつも笑顔を絶やさず、人々のために奔走することを厭わない人。そして、何よりも美しかった。コウヤと同じ、紫銀の長い髪と瞳を持っていたのだ。

そんな彼女は、後ろ暗いところのある教会のいざこざに巻き込まれたらしい。命を狙われるようになったことで、一人で国を飛び出し、身を隠していたという。その途中、知り合った男と恋仲になり、コウヤを宿したのだ。

しかし、逃亡生活の折に、男とも別れなくてはならなくなった。そうして、彼女が庇護を求めたのが、森の中で小さな家に隠居していた、かつての指導役の老婆達だった。

「美人になったねえ」

「俺、男だからね？」

コウヤは母が亡くなってから、次第に前世の記憶などを思い出していく中、老婆達を本当の祖母のように慕っていた。このユースールの町に住むようになってからも、彼女達が住む森の中の小さな家に、町で手に入れた食料などを時々持って行ったりしていた。

「それで、ベニばあさま一人？　掃除って？」

かつては教会でも力を持っており、聖女の育ての親と言われていた老婆。しかし、老害だと言って切り捨てられたのだと聞いていた。それから、人の醜さが嫌になり、町から離れた森の中で細々と隠居生活をしていたとも。

食料も衣服も全て自給自足。町への買い出しさえ嫌がる始末だった。だからこそ、どうして町に出てきたのかと心配になった。彼女は大掃除をしに来たらしいのだ。わざわざどんな掃除をしにきたのか、少しの不安も感じている。

「コウヤ坊の噂を聞いてなぁ」

「俺の？」

「治癒魔法を使って、教会に目を付けられたと」

「あ～、うん。だから俺、教会に近づかないようにしてるよ」

コウヤだって、亡くなった母の話を聞いて、教会に万が一にも捕まることがないように気を付けていた。どうやらここの教会へは、コウヤが治癒魔法を使い出した早い段階で、領主であるレンスフィートが牽制していたらしく、現在は手をこまねいている状態だ。

コウヤはこの町で色んな人に守られている。それも知った上で、ベニと呼ばれた老婆は、頷きながら笑顔を向けた。

「それでもどうなるか分からんからなぁ。可愛い孫のために、わたしらができることをしようと思ってなぁ」

「ベニばあさま……」

コウヤのことを可愛い孫と言う。その言葉は本心からのもの。だからこそ、コウヤも早く独り立ちをしようと決めたのだ。甘えていては負担になると思った。

けれど、祖父母というのは、孫を可愛がるのが生きがいのようなものだ。無理だろうとなんだろうと、なんでもしてあげたい。それを苦だなどとは思わない。

「心配いらんよ。もう充分、のんびりさせてもらったでなぁ」

「でも、隠居生活でしょ？」

「それなぁ、やっぱり退屈でなぁ。まだまだ死にそうにないし、この町は面白そうだと思ってなぁ」

コロコロと笑うベニに、コウヤは首を傾げる。あんなに人と会うのが面倒だと嫌がっていたのに、どうしたのだろうかと不思議に思う。その答えは次の言葉にあった。

「それに、気付いたんよ。嫌な奴らは放っておいても変わらん。なら、取っ捕まえて教育し直せばいい、ってなぁ。ほれ、コウヤ坊が時々連れて来た子ぉ達のようになぁ」

コウヤは、どう見ても子どもだ。どれほど相談に乗りたいと思っても、取り合わない者は多い。だから時折、間違いを起こしそうな、しかし全く聞く耳を持たない者を見つけると、ベニ達の小屋へ連れて行った。

年長者にならば人生相談もしやすい。更には、このばばさま達は強かった。レベルが２５０近いのだ。冒険者ならば文句なしでSランクまで行ける実力の持ち主だった。そんな強者にならば、大の大人の男でも、弱音(よわね)が吐けるというものだろう。

「教会からもいつまでも逃げてられん。そこでなぁ。この町の教会を乗っ取っ……明け渡してもらったんよ。これでコウヤ坊も安心して教会に来られるでなぁ」

「……え？」

言い直してはいたが、乗っ取ったようだ。シスター服に似た濃い灰色のAラインのワンピースの中には、彼女愛用のメイスが隠されているに違いなかった。

『口で言って分からんなら、聞くようになるまで殴りゃあいい』

これがばばさま達の口癖だ。それを教会で実践したのだろうことは容易に想像できた。

「教会を丸ごと？」

「そう。だからなぁ、あの森の小屋は引き払って、今日こっちに引っ越してきたのよ。いつでも遊びにきてなぁ」

「あ、うん。なら、教会がばばさま達のお家になるんだね」

これをコウヤはあっさり受け入れた。

話を聞いているタリスの目がかなり泳いでいたが、気にしないことにする。

「でも、そんな勝手にやったら、神教国から何か言ってこない？」

「そこは上手くやるでな。心配せんでええよ」

自信満々な様子なのでまあ大丈夫か、とコウヤは心配するのをやめた。ばばさま達ができると言ったなら、何だってできると知っている。

「そうだ。任せたい人が二人いるんだけど」

元々彼女に任せようとしていた、二人の男女。従魔であるミミックのパックンの中に、怪我をしたままの状態で保管してあるその人達のことを思い出す。

『おうおう。どんどん、ばばを頼りな」

「うん。ちょっと弱ってるから、直接教会に届けるね」

森まで行かなくて済んだのは良かった。教会は、このギルドから歩いて、子どもの足でも五分とかからない距離にある。

「ならば先に帰ってキイとセイにも伝えねばな。今、後片付け中でなぁ」

「引っ越しの？　手伝うよ？」

老人三人で引っ越しはキツイだろう。だが、どうやらそのせいだけではなかった。

「うんにゃ、ばば達の荷物なんぞあってないようなもんだでなぁ。散らかっとるのは、バカ共……の物だ。キイとセイがもう少しすれば上手く片すわ」

一体何が散らかっているのか。聞かない方が良さそうなので尋ねることはしなかった。

「それより、夕食もまだだろう。用意して待っとるでな」

「は～い」

それきり余計なことは言わず、いそいそと部屋を出て行くベニを見送り、コウヤはタリスへ目を向けた。

「ということで、捕まえてた二人は、ばばさま達に任せます。怪我をしてますし、こっちで情報を精査する時間もいるので、丁度いいでしょう？」

「う、うん……っていうか、あの人何者？　昔、僕がまだ若い時にあった戦争で、教会の治療部隊を指揮してたのを見たけど、あの時からもうあの姿だったよ？　何なの？　元気過ぎない？　それも教会乗っ取ったってどういうこと!?　何が散らかってんの!?」

タリスは、ドワーフの血が入っているため、実年齢は見た目の倍以上だ。その彼が若い頃から、ベニ達の姿は変わっていないらしい。

それもあり、タリスはコウヤが思っていたより動揺していたようだ。そして、しっかり聞いていた。コウヤがあえて口にしなかった疑問までこぼす。しかし、そこはもう考えないのが身のためだ。コウヤは聞かなかったふりを通した。

「えっと……俺の小さい頃からも変わってないです。最初っからばばさまでした」

まるで年を取らない。老婆の姿のまま変わらないのだ。何年経っても動きも変わらず、いつだってメイス片手に狩りにも出かけていた。

誤魔化されたと気付きながらも、タリスはぐったりと項垂れる。

「あんなのが、あと二人いるんだよね……？」

「はい、ばばさま達は三つ子なので。すっごいそっくりですよ。連れてった人達に、ばばさまが一人だと思わせて、からかって遊んでました」

「うん……やりそうな感じのおばあちゃんだったね……」

「お茶目で可愛いでしょう？」

「……多分、そう言えるのコウヤちゃんだけだからね？」

タリスも巷ではお茶目で通っているのだが、自分はあんなではないと首を振る。

たった数分でベニの本性を見抜いたのはさすがだ、とコウヤは思わずにはいられなかった。

コウヤは町の薬師、ゲンのことが心配だった。彼はコウヤが迷宮で冒険者救出をしている間に、初めて『部分欠損再生薬』を完成させ、それを飲んだ。

本当はその完成した薬も確認するはずだったし、飲むところに立ち会い、予後観察も行うつもりだった。それができなかったのを気にしていたのだ。だから、教会に向かう前に領主邸に寄った。

「コウヤ坊っちゃま。昨日は大変だったとお聞きしました。ご無理はなさらないでください」

出迎えてくれたのは、執事のイルトだ。日も沈み切る頃だというのに、乱れることのない姿。いつ見てもカッコいい執事さんだ。

「昨日からお休みにもなっていないと聞いておりますよ」

どこでどうやって、そんな詳しい情報まで手に入れてくるのか不思議だ。

「いえ、でもゲンさんの様子が気になって……こんな時間にすみません。どうなっていますか?」

様子だけでも教えてほしいと頼むと、イルトは困ったように顔をしかめながら教えてくれた。

「痛みは少しあるようですが、ナチがついております」

ナチというのは、コウヤとある縁を持つエルフの少女のことだ。今はゲンの弟子として彼の側にいる。

「それに、もしコウヤ坊っちゃまがいらした場合は、そのままお帰りいただくように、と申し付けられております」

「でも……」

立ち会うと約束していたのだ。それを守れなくて怒っているのだろうか、と不安になった。しかし、イルトはそんな落ち込むコウヤの両肩に手を置いて、微笑んだ。

「きちんと治して、ご自分でコウヤ坊っちゃまに会いに行くのだとおっしゃっていましたよ。ですので、お待ちいただけませんか？」

「……ゲンさんがそんなことを……？」

ゲンにとって、コウヤは恩人以外の何者でもない。諦めかけていた薬の作り方を教えられ、普通簡単には手に入らない材料も提供してもらった。頑固なところのあるゲンにとって、それはこの上もなく贅沢なほどの待遇で、これ以上コウヤに頼り切るわけにはいかないという意地があったのだ。

それを察したコウヤは、ふっと息を吐いて肩の力を抜くと、顔を上げた。

「分かりました。待ってます」

「はい。コウヤ坊っちゃまもきちんとお休みになってください。そして、元気なお姿でお出迎えなされば、ゲン様もお喜びになることでしょう」

イルトに見送られ、コウヤは領主邸をあとにする。しかし、門を出てすぐに立ち止まり、ゲンがいるであろう部屋の明かりを見つめた。

《がんばってる？》

『うん』

その言葉を思念のような形で伝えてきたのは、小さな白い宝箱のようなもの。コウヤの背中側の腰のベルトに引っかかっており、一見してウエストポーチにしか見えないだろう。

だが、これはコウヤがコウルリーヤであった頃に、家族である神達に付けられた護衛兼、眷属の内の一匹。魔物であるミミックだ。名をパックンという。そんなパックンも心配そうに様子を窺っていた。

大きな領主邸の塀の外から、豆粒ほどの大きさに見える部屋の中の様子なんて分からない。けれどコウヤには、ゲンの気配を感じ取ることができた。

その時、もう一匹の眷属、精霊であるダンゴが目を覚ましたらしい。今までずっと眠っていたのは、スキルにまでなっている『睡眠休息（極）』の影響だ。

姿はまん丸なハリネズミのようだが、毛は青灰色でフワフワしている。精霊は迷宮を管理しており、ダンゴと再会できたのも、迷宮で起きた問題を調整していた所に、偶然コウヤが居合わせたためだった。

「おはよう。夜になっちゃったけど、よく寝れたみたいだね、ダンゴ」

《あいっ、でしゅっ》

さすがに疲れていたらしいダンゴは、丸一日近く眠って、ようやく回復したようだ。そして、ダンゴは不意に屋敷の方を見る。

《つよい、いのちのかがやきがあるでしゅ》

「そうだね……うん。とっても強い」

同じように目を向ければ、痛みに耐えながらも、強く強く輝く命の存在が、コウヤにも感じられた。

《あるじしゃまのカゴをかんじるでしゅ》

　ダンゴはパックンと繋がっていた、腹に巻きついている紐を外して、コウヤの背中を登ると、右肩に乗って首元に擦り寄ってくる。
《やさしくてあったかいチカラがまもってるでしゅ》
「ふふ。そっか。なら大丈夫かな」
《だいじょうぶでしゅ！》
　腰にくっ付いているパックンからも同じように、心配いらないと思う、という回答がきている。きっと、ゲンは痛みに耐え切って、元気な姿を見せてくれるだろう。
「ちょっと楽しみなんだ。ゲンさん、あの目の傷のせいで怖いって思われてたからね。みんながどんな反応するのか気になる」
　ゲンの顔には、昔負った、左目から顎の辺りまで続く傷があった。加えて普段から無口で、頑固な表情をする彼は、冒険者達からも怖がられていたのだ。今回再生薬を飲んだことで、見た目は大きく変わるだろう。だから、楽しみなのだ。
《わかがえりそう(*'▽'*)》
「それはあるかもね」
《ふたりでおはなしずるいでしゅ！》
　自分の知らないことを話されるのは寂しい。混ぜて欲しいとダンゴが主張するのを宥めながら、コウヤは教会に向かった。

ユースールの町の教会は、辺境にあっても立派なものだ。教会は各国が予算を出し、建てることになっている。そこに、総本山である神教国から司教達を招くのだ。

しかし昨今は、教会が提供する治癒魔法の報酬が高額化しているため、多くの国や町で教会を排斥しようという動きが見られる。怪我人達の足元を見るような神官達の行いに、暴動が起こっているのだ。

この町でも、教会をなくそうとする話し合いが何度もあったらしい。あってもなくても同じなら、運営に領費を消費する教会などなくても良い、という考えになるのは仕方がない。

しかし、教会がなくなれば、礼拝をする場所がなくなってしまう。それが、人々が排斥に踏み切れない理由だった。この世界の人々は神の力を知っている。それ故、神が確かに実在するのだとも分かっているのだ。そして、祈りは届くと信じている。

そんな教会を、ベニ達は乗っ取ったのだ。

「教会に来るの、何年振りかなぁ」

コウヤは、まだ小さい頃に、ベニに連れられて一度だけ来たことがあった。子どもの健やかな成長を願うための七歳の時の礼拝だ。

それから、前世の記憶が戻り始める頃。ゼストラーク達の気配を感じようと近くまで来ては、教会から逃げてきたという母のことを思い、入り口までしか行けなかった。

「……大丈夫……だよね」

もうここはベニ達の、いわば支配下に置かれた場所。神官達は強く出られないはずだ。

そうして、覚悟を決めて中に入ると、コウヤは光に呑まれた。

「そうだった……」

慌てることはない。こうなることは、少し考えれば予想できたのだから。

目を開けるとそこは見慣れた部屋だ。教会の祀る神々が――かつてのコウヤの家族が暮らす、神界である。

そして、唐突に抱きつかれた。

「コウヤちゃ～んっ」

「久し振り、エリィ姉」

夢で会う時よりも感触や感覚はリアルだ。教会に行けば、こうして会えることは分かっていた。

「もうっ、コウヤちゃんは無茶ばっかりするんだからっ。見てたんだからねっ」

エリィ姉ことエリスリリア。愛と再生を司る女神たる彼女は、先のダンジョンでのことを叱り始めた。

『え？　でも今回はちゃんと、新調した最新の武器を使ったし、危なくなかったでしょ？』

わざわざ神匠炉を使って打った武器だ。『ペーパー（だけじゃない）ナイフ』と『羽根ペン式投擲矢』は良い仕事をしていたとコウヤは思う。

「ほら、見て見てっ、カッコいいでしょ！　これぞギルド職員って感じの武器だと思わないっ？」

腰のカバンから取り出して自慢げに見せると、なぜか呆れられた。

「……コウヤちゃん……どうしてそうズレちゃうの？」

「え？　何が？」

コウヤには全く自覚がない。首をしきりに捻る彼の背後から、戦いと死を司るリクトルスが現れる。心配性な兄である彼は、コウヤの頭をガシリと掴んで、振り向かせた。

「あ、リクト兄。こんばんは」

「はい、こんばんは……じゃなくてね⁉」

「ん？」

リクトルスには、言いたいことが今日もいっぱいあるようだ。こんな彼の前では、コウヤも自然と正座になる。条件反射って怖いな、と他人事のように思っていれば、始まった。

「ズレてるよっ。ただのスクーターやバイクじゃなくて『デリバリースクーター』を作ってるしっ」

「だって、雨避け欲しかったんだもん」

そんな理由か、とリクトルスは膝をついた。

「なら、なんでキャンピングカーじゃなくて移動販売用の『キッチンカー』なのっ？」

「あれなら中でも料理できるし、大きく開けば、外でお料理してるみたいにもなるでしょ？　なにより、可愛いよねっ」

「可愛さかぁっ……」

両手までもついたリクトルスだ。

「武器も相変わらずペーパーナイフだし……今度は羽根ペン？　なにそれ……そのうち仕事しながら暗殺とかしちゃうの？　その仕事はしちゃダメでしょ……っ」

ブツブツと一人呟き出したので、考えの邪魔をしてはいけないと、コウヤは本当に他人事のように、今まさに部屋に入ってきたゼストラーク――創造と技巧を司る神へ目を向けた。

「あ、ゼストパパ。ゲンさんに加護、ありがとう」

「いや……技巧の力も加われば、コウヤの加護も力が増すと思ってな」

「うん。お陰でちゃんと薬も完成できたみたい」

部位欠損再生薬を作るにあたって、ゲンには加護が与えられた。それは、コウヤのものだけではなく、ゼストラークからも贈られていたのだ。これにより技術力が上がり、難しい薬の製薬に失敗する確率をぐんと下げられた。

「そうだ。俺、ゼストパパに聞かなきゃならないことがあって……」

「コウヤ君……僕の話が終わってないよ？」

「え？」

復活したリクトルスによって、それから滞在可能時間ギリギリまで捕まってしまったのは、誤算だった。因みに一緒に呼ばれたパックンとダンゴは、ひたすら寝たふりを通していた。

《さわらぬかみに……》

《たたりなし……でしゅ》

二匹の判断は正しかった。

幸いというか、眠っている時と違い、神界に滞在できる時間は数分だ。教会に戻ってきたコウヤが目を開けると、ベニが奥から出てきた。

「お帰り、コウヤ坊」

「遅くなってごめんなさい、ベニばあさま」

「ええよ、ええよ。心配しとる人がおるのは分かっとるでなぁ」

ベニだけでなく他のばばさま達も、なぜかこういう情報が早い。コウヤが領主邸に寄ったこともしっかり把握しているのだ。

「さあさ、先に夕飯にしようなあ。こっちだ」

案内された部屋にあるテーブルには、質素だが栄養のバランスも考えられ、美しく一人一人に盛られた料理が規則正しく並んでいた。

「うわぁ。美味しそうっ。あっ、キイばあさま、セイばあさまっ」

ベニと同じ顔、同じ姿の老婆が二人。違うのは手にしている皿だけ。けれど、コウヤにはそのどちらがキイで、どちらがセイかが分かる。

「コウヤ坊、相変わらずわたしらが誰か分かるんか？」

「もちろんですよ。キイばあさま。ばあさまの髪の毛はとっても綺麗だもの。そうだ。キイばあさまに会ったら渡そうと思ってたんだ」

コウヤが亜空間から取り出したのは、薄めの丸い缶。その缶の蓋には、赤と白の大輪の花が描かれている。

「これは？」

「ベルタ油だよ。ほんのりとした香りも良くて、髪の手入れにいいんだ」

それは椿油（つばきあぶら）のようなものだ。香りも種の状態も椿と変わらなかったので、いけると思って作った。

ただ、椿よりも香りが薄いのは不満だった。

とはいえ、ばばさま達がたまに三人一役の遊びをするのには邪魔にならないので、これで良いのかもしれない。

「っ、おばあが一番髪の手入れしとると、知っとったんか？」

「え？　キイばあさま、前に『髪は命！』って言ってたし、いつも艶々（つやつや）してたから」

「ええ子や！」

期せずして感動された。

「それで、こっちがセイばあさまに」

「薬かや？」

セイに手渡したのは、袋に入った粉。ミントのような爽（さわ）やかな匂いがする。

「歯磨き粉。フッ素加工もできる優れものだよ。だから飲まないでね」

「……石けんみたいなもんか？」

「そう。歯専用のね。何か入れ物に水で溶いて、トロトロにしてからの方が使いやすいかも。歯ブラシに付けて磨（みが）いて、最後はしっかりすすいで洗い流してね」

年を取ってくると、歯周病（ししゅうびょう）などにもなりやすい。健康な歯を死ぬまで使ってほしいと願って、コウヤはずっと考えていたのだ。

「健康で長生きするには、健康な歯が大切なんだよ」

「ほおほお、確かになぁ。食べれんくなっては健康どころではないわい」

「それに、セイばあさまの歯はとってもキレイだからね」

「よお見とるわ、この子はっ」

嬉しそうに笑っていた。コウヤは、セイが『歯が命！』と言っていたのも覚えている。

「おばあにはないんか？」

ベニが期待に満ちた笑みを向ける。

「もちろんありますよ。ベニばあさまには保湿クリームです。洗い物の後とか気にしてたでしょう？」

大きめの丸い瓶を差し出した。

「これ、顔とかにも使えるんだよ。寝る時とかお風呂の後とかに塗ると、肌がすべすべになるんだ。

ベニばあさまはお肌白いからね」

「おばあの自慢をよお知っとるなぁ」

ベニの『お肌命！』も聞いていた。

三つ子でよく似ていたとしても、嗜好は違う。こだわりも、性格も違うのだとコウヤは知っていた。三つ子だからとまとめて見られることの多いベニ達は、こうして一人の人間として見られることがとても嬉しいのだ。

「「「ほんに坊は良い子よなあ」」」

三人で笑い合い、久し振りの再会は賑やかなものになった。

食事が終わり、コウヤからばばさま達に預けるという二人の冒険者達の話になった。

「コウヤ坊、どこにその二人はいるんだい？」

「坊の亜空間には入れられんだろう？」

「荷物も小さいしなぁ」

そこで、三人の視線が、コウヤの腰についた白い箱に集まる。その上には、毛玉が一つ置かれていた。

「……コウヤ坊、それはなんだね？」

「宝の箱かえ？」

「えらい柔らかそうな毛玉の飾りが付いて、シャレとるなぁ」

その箱と毛玉は、言わずと知れたパックンとダンゴだ。人見知りではないはずだが、警戒しているのだろうか。箱のふり、毛玉のふりを続けていた。

「えっと……俺の従魔で、ミミックのパックンと精霊のダンゴなんだけど……どうしたの？」

振り返って、パックンとその上のダンゴを訝しげに見る。いつもならば、コウヤの知り合いというだけで調子良く挨拶するはずのパックンも静かだ。ダンゴはまた寝てしまったのではないかというほど丸まっている。寝たら浮くので、寝ていないことは確かだ。

《ひとなの？(－－;)》

「え？」

表示されたその文字に、コウヤは首を傾げる。すると、ダンゴがゆっくりと体を伸ばし、後ろ足で立ち上がって尋ねる。ダンゴの言葉はコウヤ以外には鳴き声にしか聞こえない。

《あるじさまと、にてましゅ……カミにちかい……でしゅ》

「神に近い？　どういうこと？」

人と断言できず、神のようでもあるという。それは、コウヤのように半神であるということだろうかと不思議に思っていれば、ベニ達がコロコロ笑ってあっさりと答えた。

「よお分かっとるなぁ。そうさなぁ、ばば達は昔、神薬を飲んだんよ」

「そのお陰でここまで生きたわ」

「まだまだ死なんでなあ」

「神薬……もしかして、アムラナ……？」

これに頷くベニ達。

アムラナとは、かつてコウヤがエリスリリアと共に作った霊薬だ。神であるコウヤ達を補佐し、地上で生きる人々との橋渡しとなる存在のために作った。寿命を延ばし、老化を緩やかにする薬だ。

それぞれの神――ゼストラークをはじめとする四神――の巫女に授けようと、ぴったり四つ作ったのだが、一滴病人に垂らせばどんな病でも治ってしまう万能薬でもあったため、それを知った教会の者達が、治療用に使うべく分けてしまったらしい。

しかしそれも、人々の思惑によってどこかへ隠されてしまった。

そうして、長い年月が過ぎ、邪神としてコウヤが討たれた後、分けて隠されていたアムラナを探し出すことを命じられたのが、昔のベニ達だったという。

人が劇的に減ったこともあり、もはや伝説となっていた万能薬が必要だと考えられたのだ。

「体(てい)の良い厄介払(やっかいばら)いさね」

「三人それぞれが世界中を回ってなぁ」

「まぁ、教会の中であの辛気臭(しんきくさ)いバカ共の顔を見なんでええのは良かったわ」

少しずつ、確実に集め続けたベニ達。旅は三人別々。まだ若かったベニ達にとっても過酷(かこく)なものであった。因みに、この旅によって確実にレベルを上げていたのは、言うまでもない。

「期限を決めとったからなあ、三人で集まったのは五年後だったか」

「あの時には日にちの感覚が曖昧(あいまい)でなぁ。わたしが十日くらい待ったわ」

「そんな遅刻したか？　けど、時間かけた分、わたしの集めた量のが多かったわな」

鑑定(かんてい)のスキルは高い方だったので、集めたものに間違いはない。

「けどなぁ。持ち帰ったら揉(も)めるの目に見えとるでな」

「それやったら処分しようという話になってなぁ」

「どうせなら飲んだれってことでな」

そんな話をいい思い出だと笑えるベニ達は、間違いなく大物だ。

「……そこで躊躇(ためら)いもなく飲んじゃえるのがばばさま達だって思うよ」

三等分したが、その量は少なくなかったらしい。そうして、ベニ達は長い寿命を手に入れたのだ。

アムラナの話が終わり、話が元に戻った。パックンが、捕まえていた二人をポンと床へ放り出す。

迷宮での冒険者救出の折、混乱の最中で逃げ出そうとしていたベルティとコダだ。

二人が所属する『イストラの剣』というパーティは、今ではユースールのトップ冒険者となったグラムが、十年以上前に、幼馴染達と共に作り上げたものだ。出身となった村の名前を使っている。

グラムが半ば追い出されるようにして抜けた後、生き残ってパーティを続けていたのが三人。リーダーのケルトと、気の強いベルティという女。それと、大柄で少々無鉄砲そうなコダという男だ。

「これはまあ」

「坊には珍しい」

「こんがり焼けとるなぁ」

意識のない二人の男女を見て、ベニ達はそんな感想を口にした。

ベルティの方は右腕がなく、その先は火で焼いて止血されている。コダの方は右足が毒液によって爛れていた。この状態のままなのはどうしてなのか、とベニ達は考える。コウヤは優しいだけではないと、育ての親である三人は理解していた。

「この人達にはパーティメンバーがもう一人いるんだけど、作戦中に二人だけで逃走したんだ」

コウヤは二人の傷の説明をする。応急処置だけはしたと改めて告げた。ベルティは傷口を焼き、コダには冷却と毒抜きをしてある。

「逃げただけではないのだろうな」

「坊が完全な治療をしない理由があるのだろうな」

「いつもはこんな乱暴に傷を塞がんものなぁ」

ベニ達が二人を取り囲んで三人で話し合う。

「俺も、逃げたくらいで怒ったりしないからね。この二人、恐喝とか詐欺とか日常的にやってたみたいなんだ。あの短剣や腕輪とかの小物が証拠だね」

女の方が腰につけている短剣や、ネックレス。男の方の腕輪や靴。それらは、一見すると大したものではないが、実際は魔術が付与された魔導具だったりする。彼らの財力や実力では手に入れられない、値の張る物だった。

時折、迷宮から出たりもするものの、これほどの物が出るような迷宮を攻略するのは彼らには無理だろう。他のパーティに寄生して、ということも考えられるが、これらを報酬として受け取れるほど貢献できるとも思えない。

「ほうほう、いいのを付けておるな」

「あの短剣は闇魔法が使われておるぞ。こやつ、裏の生業の者か？」

「こっちの靴は身体能力を上げるものだな。これを使いこなせれば、このような傷をこさえず済んだだろうに」

魔導具は高額なだけでなく使い手も選ぶ。魔力操作のスキルが高くなければ使えない物が多い。どうやら、彼らは充分に使いこなせなかったらしい。

「それがねぇ、この二人、盗賊団で仕事してたみたいなんだ。その辺、きっちり調べてからになるけど。こっちの女の人が、取り入るの上手かったみたいで」

これが、コウヤが世界管理者権限のスキルで得た情報だった。リーダーのケルトに黙って二重生活をしていたらしい。

ベルティはまだグラムがリーダーをしていた頃から盗賊団の一員になっており、グラムと別れ、仲間が二人欠けた後にコダを勧誘し、報酬を分け合っていたようだ。

ケルトは真面目なところがあるため、声をかけなかったらしい。

「ギルドの盗賊討伐の情報とかを盗賊の方に流してたみたいだし、他の冒険者のパーティとかに、盗賊が襲いやすいルートを勧めて罠にはめたりしてたっぽいんだ」

実際、彼女達の流した情報のせいで、多くの冒険者達が犠牲になっていた。報酬として受け取っていた魔導具も、襲わせた冒険者の持ち物だったりする。

もちろん、これはコウヤだけが持つスキルによって知れたこと。裏は取れていないし、鑑定スキルと違って、世間的に信憑性のあるスキルではない。こんな個人の行動が知れるようなスキルは、存在しないと思われているのだ。

育ての親とはいえ、前世のことを話したことはないので、ばばさまたちの手前、他人から聞いた話によると、という程度に抑えている。

「裏を取るまで預かればいいんやね」

「しっかりと己の行いを悔い改めさせななぁ」

「全部白状させたるで、ばば達に任せな」

そう言って、ベニはベルティを唐突にヒョイッと肩に俵担ぎをし、同時にキイとセイが二人で男を担ぎ上げる。そのまま部屋を出て行った。

《こわっ(ﾟДﾟ)》

《チカラもち……でしゅ？》

「ばばさま達、元気で良かった」

《げんきどころじゃないよ⁉》

《かるそうでしゅ……》

普通、自身の体重よりも重い物を軽々と持ち運ぶなんて無理だ。けれど、昔からベニ達は、切り倒した木を担いで持って帰ってきたり、自身の体の何倍もある魔獣を仕留めて持って帰ってきたりするなんて普通だった。

コウヤとしては当然過ぎて『ばばさま達は相変わらず』ぐらいの感覚しかないのだ。ベニ達ならば、彼らが暴れたり逃走しようとしたりしても、問題なく取り押さえてくれる。そう安心して任せ、コウヤは教会をあとにしたのだ。

◆　◆　◆

コウヤが帰路に就き、月の光が美しく地上を照らす頃。

ユースールから数日かかる町に向かい、街道を走る馬車と騎馬の姿があった。

「くそっ、なんなんだあのババア共っ」

「あんな、あんなことは認められないっ」

馬車に乗っているのはユースールの町の司教と司祭だ。彼らはベニ達による制裁から逃げ出した者達だった。

「だいたい、治癒魔法を使える者は教会に入るのが当たり前だろうっ。保護しようとして何が悪いっ」

「本当ですよ。それも、下手をしたら、治癒魔法の適性レベルが聖女様よりも高いかもしれぬなど……っ」

彼らが狙っていたのは、コウヤだ。障害となっていたがめつい冒険者ギルドマスターも、査察が入ったことでいなくなった。これで直接話もできるというところで起きたのが、今回の事態だ。奇しくも、あのギルドマスターはコウヤを教会から守っていたのだ。

『滅多なことを言うなっ。せめて同等と報告せねば。我らが神子を見出したとなれば、本国での地位も約束されたようなものだ」

治癒魔法の力が特に強い者は、女であれば聖女、男であれば神子と呼ばれる。そうして本国である神教国の教会で、大切に育てられるのだ。

それは、その命が尽きるまで、教会の管理下に置かれることを意味する。もし自由にすれば、どこで不逞の輩に捕まるか分からない。それほどまでに彼らの存在価値は高い。

教会に身を置くのも体の良い監禁と変わらないが、逃げ出す者はまずいない。貴族の出であろうとなかろうと、不満のない待遇を約束されるのだ。一平民がこれを知れば、元の生活には戻れない。

コウヤもそうして囲い込むつもりだった。手に入れることはできなかったが、せめて報告を上げれば、功績は認められる。だから、今は安全な所に。そして急ぎ本国へと向かっているのだ。

「何がなんでも本国に連絡をし、このことを伝え……っ」

「なっ⁉」

不意に言葉を失くした司教。その首筋には、外から差し込まれた一本の剣が添えられていた。

すると、馬車が急停車する。

「だ、誰だ……」

司教の向かいに座っていた司祭が、慎重に問いかけた。それを受けて剣が一旦引き抜かれ、大きく息を吸う間にドアが乱暴に開けられる。

「おじさん、もしかしてオレに聞いたの？」

「っ……！」

ドアの向こうから姿を現したのは、盗賊か暗殺者のような格好をした幼い少年だった。その少年の髪は月の光で金に輝いており、瞳は妖しい赤い光を宿していた。

「神官のおじさん達にならなら分かるんじゃない？　オレの瞳を見れば……何をしに来たか分かるよね？」

司教達は息を呑んだ。

「ひっ」

「あ、あの……『神官殺し』だとっ⁉」

『神官殺し』、『赤目』、時には『金の悪魔』と呼ばれる七歳前後の幼い少年。見た目に騙されてはいけない。恐らく、既に数百年は生きているはずだと言われていた。ずっと昔から、神官を殺すその悪魔は確認されていたのだ。

外にいた騎馬の者達が近づいてこないところを見ると、既にやられていると考えた方が良いだろう。

「良かった、知ってたね。さて、ここでお知らせで〜すっ。御者さんと馬は逃がしてあげました〜。逃げ道はありませ〜ん」

「たっ、助けっ」

「っ……」

恐怖で声が出なくなっている。しかし、最後の意地と意趣返しをという意思によって、司教は声を絞り出した。

「わ、私より始末すべきなのがユースールにいるっ。三人のババアだが、お前と戦えるだけの力もあるだろうからなっ」

「へぇ……」

司教達は内心ニヤリと笑う。これでベニ達を始末できると思ったのだ。しかし、それは自分達の後で、というところがすっかり抜け落ちていた。

「そっか、情報ありがと。そんじゃ、良い旅路を〜」

「グガッ」

「ひっ、あぁぁぁっ」

司教と司祭をあっさり仕留めた少年は、ひょいっと馬車から降りて、明るい月を清々しいほどの笑顔で見つめた。

周りには神官達の遺体が数体転がっている。その中で笑う様子は、壊れているとしか言いようがない光景だ。そこに、同じ髪色と瞳を持つ、年齢も様々な男女が十数人集まってくる。彼らに表情はなく、少年を囲むようにして次の言葉を待っていた。

「くくくっ、ユースールかぁ……行ったことないなあ……辺境だし、盗賊とかいそうだよねっ。楽しみだな～」

焦る旅路でもないし、のんびりと盗賊退治でもしながらユースールの町へ向かおうと、足を踏み出す。集まってきていた男女はそれに静かに付き従う。その様は歪ではあるが、少年を頭としているのがよく分かった。

「そういえば、あの時の聖女が向かったのがユースールだっけ」

十数年前に神教国から逃げ出した聖女。彼女の故郷がユースールだった。その後生き延びたかどうかまでは気にしていない。ただ、神教国が大事にしていた聖女を、逃がしたという事実だけが、彼には重要だったのだから。ただ、あの美しい紫の瞳をもう一度見たいなと思った。

「う～ん。まずは観光かな？」

そう呟きながらも、血の臭いに誘われて近づいてくる魔獣達の気配を感じ取り、愉快げにニヤリと笑う。もしもう一度あの瞳に出会えたらいいのに、と少しだけ月に願い、ユースールの町へ向かって歩き出したのだった。

特筆事項②　収集癖には注意が必要です。

その日のギルドは、奇妙な職員が入ったと話題になった。

ギルドには買い取りカウンターがある。一般的な受付とは別に場所が用意されていて、依頼品以外の鑑定や買い取りをする場所だ。

《つぎのひと～♪》

未だドラム組効果が健在のため、冒険者達の仕事の回転率が早い。ドラム組効果――それは、大工の一団が作業音を音楽に仕立て上げ、建物を築く間、周囲一帯が祭り状態になるという、ユースール独特の事象だ。彼らが打ち鳴らす音に活気付いた冒険者達は、小さな依頼をとにかく素早くこなすようになる。

そして彼らは、半日ほどで薬草採取や討伐などから戻ってくるのだ。近場の素材ばかりになるし、金額は小さいが、とにかく回数が多い。

コウヤも朝は受付にいたが、昼近くになる時分には、この買い取りカウンター業務へ応援に入っていた。しかし、それでも回らないのがドラム組効果。そこで活躍するのがパックンだった。

《1が2つ、3が3つ、5が1つ》

「はい。合わせてこちらの金額になります。確認ください」

「お、おうっ。ありがとよ……」

《つぎどうぞ〜(^0^)》

パックンは鑑定が速い。そこで、パックンが買い取り品を一度収納する。そうすると一瞬で品質と個数が分かるのだ。

それを蓋の部分に表示し、職員が用紙に記入。鑑定だけならば、金額計算の間に、パックンが用意されたトレーに品質ごとに並べて戻す。買い取りならば収納したまま、業務が落ち着くまで預かる。増員のために経理担当の職員を呼び、お金の計算だけ頼んだため、これでかなりの時間短縮となった。

このカウンターには最高で五つの窓口があるが、コウヤと、パックン&経理担当ペアの窓口だけ倍速だ。

ギルド職員達は、どの部署の人間であっても知っている。『コウヤにだけは敵わない』と。

それでも、負けてなるものかと己を奮い立たせ、業務の効率を上げていくのがこのギルドでの常識だった。

そもそも、なぜこの日、パックンが張り切ってギルドの仕事を手伝っていたかといえば、ダンゴの影響だ。

早朝、ダンゴはコウヤから受け取ったキメラの魔核を持って『咆哮の迷宮』に戻ることになった。戻るといってもその日限りのことで、夕方には迎えに行くと約束はしている。

『咆哮の迷宮』の異常は、最下層のボスであったキメラの記憶を、何者かが故意に抜き取ったというのが原因の一つだった。

その抜き取られたキメラの記憶は、野生のキメラの魔核に植え付けられ、本来の力以上のものを引き出していた。そのために冒険者達の多くに被害を出し、最終的にコウヤがキレて討ち取った。

その魔核に移された記憶部分は、再び迷宮の魔核に移せそうだということになり、ダンゴがその任を受け負ったのだ。

そうして、ダンゴが頑張っているということで、パックンも自分にできることを示したかったらしい。

《つぎどうぞ～(^0^)》

「お次の方どうぞ～」

そして、この日新たに常識が作られる。

『パックンさん頼りになる！』

さすがはコウヤの従魔だと、誰もが納得をしてその光景を見守っていた。

昼を過ぎる頃。

パックンを窓口に残し、コウヤは一人ギルドを出る。ドラム組の棟梁（とうりょう）に呼ばれていたのだ。工事現場となっているギルドの隣へやってきた。

「お疲れ様です、棟梁」

「ん……こっちだ……」

「はい！」

棟梁は、ドラムを叩けば爆発させるような激しい音も出すのだが、本来は物静かな人だ。必要なことしか極力喋らない。現場で開始を報せる時には、歌舞伎役者ばりの声を出すので、声が出ないわけではないと誰もが分かっている。実は恥ずかしがり屋な職人さんだ。

案内されたのは、区画の一番手前の、ギルドと同じく大通りに面する場所に建てられた建物。予定工期を一日半残し、こちらは家具なども入れて完全に完成していた。

「薬屋、完成したんですねっ」

店に入ると、まずは広いスペースがあった。商品棚は左右の壁際と中央に一列だけ。高さと奥行きもしっかり取られている。武具を着けたままの冒険者達が入りやすいよう、通路は必要以上に広く取ってあった。

入り口から五メートルほど先で突き当たるのはカウンター。その後ろには製薬室があり、外部の者が入りにくいようになっていた。

製薬室とは反対側。カウンター横を通って奥にある扉の先には、治療室がある。冒険者ギルドに救護所はあるが、受け入れられるのは六人ほどが限界だ。ここと合わせれば安心できるだろう。

ベッドの配置も終わっており、コウヤがお願いした仕様で、カーテンで個別に仕切れるようになっていた。全部で今は十床。余裕があるので、もうあと倍は入れられるだろう。明るさも程良く、天井から光を入れられるように高い位置に窓があり、気持ちの良い空間になっていた。

「……どうだ……」

「はい！　ばっちりです！　きっとゲンさんも気に入ってくれます！」

「ん……」

棟梁は昔からゲンにお礼がしたかったそうで、今回とても張り切っていた。なんでも、一宿一飯の恩義があるらしい。

「あとは寮ですね。出来上がったら、新しくギルドマスターになった方と見させてもらいます」

そう言うと、棟梁が真っ直ぐにコウヤへ顔を向けた。これは何か言いたいことがあるようだ。

「……新しいマスター……」

「あ、はい。まだ冒険者の方にも挨拶していませんからね。本人は積極的に町を視察して回っているみたいなんですけど。正式な発表はここの寮が出来て、ギルドの体制が整ってからになります」

「……」

その瞳には、心配するような感情が見て取れた。前任のマスターとは、棟梁も色々あったらしい。また問題のある人だったらと心配なのだろう。恐らく、町の人達も皆同じ反応をするはずだ。

「今回のマスターはとっても良い人ですよ。お茶目で可愛らしいところがあって、若い冒険者へも喜んで指導を買って出てくれる、尊敬できる年長者です」

「……そうか……」

残念ながら、今までのマスターの態度が悪過ぎて、頼れるマスターというイメージが正しく伝わらなかったらしい。けれど、一応は納得したという様子を見せた。

「そうだ。ギルドもですけど、教会も変わったんです。司教と司祭を追い出して、女司教がついたんですけど」

「っ……？？？」

棟梁は全く頭がついていかずに混乱している。しかし、コウヤは構わず続けた。この世界では、女が司教や司祭を務めることも可能だ。ただし、大変珍しいことではある。

「司教と司祭が使っていた部屋は、まあ使えるから良かったんですけど、神官達の部屋がどうも酷くて、手入れしたいそうなんです。お時間がある時に相談に乗ってもらえますか？」

「……いいのか……？」

「教会専門の大工じゃないからってことですか？」

「……」

教会を建てるのは、専門の大工だと思われている。この町の教会を建てる時も、神教国からわざわざ呼んでいたらしい。

「別にそこに決まりはないそうなんです。ただ、隠し部屋とか、あの国から派遣される司教達が良いようにできるからってだけで、本来はどこの大工に任せても構わないんですよ」

お金を握らせて秘密の通路を作ったり、神官達との格差をつけるために部屋の間取りを予定と変えたりと、好き勝手に口出しができる者を雇っていただけだ。

内部構造は、どの教会もほとんど変わらないので、慣れている者を使った方が早いという事情もあったのだろう。工期の間の滞在費などは、その国や領が出すので、外貨(がいか)獲得のためという現実的な思惑もあった。

「そこはあの国の事情なんで気にしなくて良いです。今回司教になったばばさま達はそんな本国の意見なんて撥ね除けられますから安心してください」

「……」

あとでなぜ他の大工を入れたんだと文句を付けられようと、ベニ達ならば鼻で笑って『悪いか』の一言で終わらせるはずだ。

「万が一いちゃもんを付けてきたらこっちのものだと、寧ろばばさま達は喜ぶと思います。なので、強気でいてください」

ドラム組に密かに手を伸ばそうとすれば、待ち構えていたベニ達によって制裁が下されるのは目に見えていた。

「……ん……」

これで神官達の部屋もなんとかなるだろう。ベニ達によって更生済みの残された若い神官達は、文句を言わないらしいが、正しい行いをする人達にはできることなら良い思いをしてもらいたい。

今まで、治癒魔法を使ったとしても、治療代は司教達にほとんど搾取されていたようで、彼らはかなり疲れた顔をしていた。食事も最低限といったものだったらしい。

しかし、ベニ達がトップになったので、きっと沢山食べられて、ついでに体も鍛えられるだろう。ベニ達はひょろひょろのモヤシのような体が嫌いだ。数ヶ月もすれば健康的で活気溢れる神官達が出来上がることだろう。

「では、引き続きお願いします！」

「ん」

早くゲンが会いに来てくれないかなとコウヤは一層心待ちにしながら、現場をあとにした。

夕方。コウヤとパックンは仕事を終え、町を出た所で転移魔法を使い『咆哮の迷宮』に飛んだ。
「上手くいったみたいだね」
コウヤは他に迷宮内に異常がないか確認しながら、最下層のボス部屋を覗いた。
その時、パックンが定位置であるコウヤの腰から離れた。コウヤの足下を通ってぴょんぴょんと跳ねながら、開けた扉の隙間からボス部屋に入り込んでいく。
《りべんじします！ ᕦ(ò_óˇ)ᕤ》
「ん？　パックン？」
パックンはキメラとの再戦を望んだ。
仕方ないのでコウヤは部屋の中に入り、扉にもたれかかる。
《あのときとおなじではない！》
《しょうりをこのてに！》
《いざ！　じんじょうにしょうぶ！ ψ(▽)ψ》
キメラに言葉が読めるとは思えないが、パックンの気分の問題だろう。律儀に表示しているのは面白く、コウヤは大人しく見守ることにした。

《グルラァァ！》
《ひょいっ¦(￣3￣)¦》
煽（あお）っているのだろうか。戦闘の途中でチラチラ見える文字に吹き出す。
「ふふっ、パックン余裕あるね」
その時、コウヤの頭上にダンゴが現れる。くるんと回転しながらコウヤの頭の上に着地した。
《あるじさまぁでしゅ！》
「あ、お帰りダンゴ。お疲れ様」
労（ねぎら）えば、頭から肩に降りてきてスリスリと首元に擦り寄ってくる。くすぐったいのを我慢しながら手を当てると、今度はその手に擦り寄った。
甘えモードが一段落したのか、ダンゴが今気付いたというようにパックンとキメラを見た。
《あれ、どうしたでしゅか？》
「ん～？　リベンジだって」
パックンは魔法の弾を巧みに当て、確実にキメラを追い詰めていた。キメラにコウヤを敵と認識させる隙を与えないほど、パックンは的確に攻撃している。
「でも、なんか前よりあのキメラ強くなってない？」
《ちょっとパワーアップしちゃったでしゅ》
どうやら、生きたキメラに移されていたボスの記憶に、本体となったキメラの記憶が多少混じったのだろう。経験値がプラスされ、少し強くなってしまったようだ。

「仕方ないね。そんなすっごくレベルが上がった感じじゃないし、大丈夫だよ」
これくらいならば、誤差の範囲内だろう。
その時、キメラの後ろを取ったパックンは、風の魔法をジャンプ台のようにして使い、高く飛び上がった。
「あ、飛んだ」
《とんだでしゅ！》
そんなこともできるんだと感心するコウヤと、目を丸くして驚くダンゴ。
パックンはキメラの真上にくると、パカリと蓋（？）を開け、そこから無数の剣を容赦なく降らせた。
「うわわっ。パックン、あんなに剣を持ってたの？　あ、あれ俺が打ったやつだ。ん？　ゼストパパのもある！」
《だいほうしゅつでしゅ……》
どこぞに放置したはずの高性能の剣が交じっており、全て着弾した瞬間に、キメラはガラスが砕けるように消えた。
《かんしょう！　d(￣ ￣)》
得意げだった。しかし、すぐさま剣を回収し始めるのは様にならなかった。
《かいしゅう、かいしゅう》
《てつだうでしゅ》

ダンゴはフワフワ浮いて、床に突き刺さっている剣の柄に乗ると、一緒に剣を浮き上がらせて床から引き抜いていった。パックンだと、横になって噛み付くようにして刀身を挟み、ジャンプしなければ抜けないのだ。それを見かねて、コウヤも剣を抜いていく。驚いたお陰か、過去を色々思い出した。

「こんなにどうやって集めたの？」

《よんでいたのさ(´-`)》

《たぶんメイキュウでまよっただけでしゅ》

《なぜそれをっΣ(-_-@)》

嘘のつけないパックンだ。

《さすらいのミミックのうわさは、ゆうめいみたいでしゅ》

精霊達の情報網は広く、迷宮に棲む彼らには有名な話だったらしい。

「さすらってたの？　趣味全開で？」

《ええまあ(￣▽￣;)》

「それでこの辺もついでに回収しちゃったと……パックン、中身って今どうなってんの？」

コウヤは非常に不安になってきた。

《むげんのかのうせいをひめています!!》

「カッコよく言ってもダメ。ちょっとは自重しなよ？　ほんと、びっくりするのが入ってそう」

今回も充分びっくりしたのだ。これ以上もいくらでもありそうだ。

「こっちのゼストパパの打った剣なんて、火山の火口付近にあったはずでしょ？　それで、こっちの俺が打ったやつは……水中神殿(しんでん)にダミーと一緒に……って、この辺そのダミーだっ。もしかして全部持ってきた⁉」

　神殿前にある迷宮内で、朽ちた冒険者達の持っていた剣を回収し、供養も兼ねて全て壁一面に刺して、その中に紛れ込ませたのだ。その時の見覚えのある剣がいくつもあった。

《いっぱいあったとこ？》

《ざくざくだったよ》

《ぜんぶかいしゅうするのになんにちもかかった》

「本当に全部持ってきてるし……」

　パックンの趣味――収集癖はずっと健在だった。

《でも、このへんはもうつかえないでしゅね》

　古い剣も交ざっているので、先ほどの攻撃で折れてしまったものも多かった。

《ど、どこかでほじゅうしないと……》

《まだいるでしゅ？》

《いるのd(￣￣)》

「……」

《……でしゅ……》

　実際、役に立ったところを見てしまえば否定できなかった。

「はあ……帰りに、盗賊の情報がある場所を確認するつもりだったから、そこでもいい？」

《いい!!》

《けんいがいもいっぱいありそうでしゅね》

《それがまたいい！(≧∀≦)》

そうして、コウヤ達は迷宮を出ると、盗賊が出没するという情報のあった場所へ向かった。

『咆哮の迷宮』を出て、デリバリースクーターで走ること二十分ほど。

ユースールの町の方向からは少しだけ逸れる。見通しが悪い場所ではないのだが、ここ最近、商隊が襲われるなど、大きな被害が出ている。

《かくれるところないよ？》

パックンは早く戦利品を手に入れたいのか、ヤル気に満ちている。それなのに、見たところそれらしい気配がない。ここは森から離れた平原の一角（いっかく）だ。

コウヤも情報のあった場所に来てみたはいいが、どうも自分の索敵（さくてき）に引っかかる場所には根城（ねじろ）もないので困惑した。潜んでいる気配もない。

「おかしいな……場所は合ってるはずなんだけど……」

《どこじょうほう？》

コウヤは人が好いので、パックンも騙されてやしないかと心配したらしい。しかし、一応は確かな情報だ。

「商業ギルド」

《おそわれたひとがほうこくした？》

「うん。商隊が狙われたからね。それと、ばばさま達」

《ならまちがいないねd(￣￣)》

根拠はないが、ベニ達の情報というのは信憑性が高いという認識のようだ。

すると、ダンゴが何かを感じたように鼻をヒクヒクさせて、地面に降り立った。

「どうしたのダンゴ」

ダンゴは小さいので、くるぶしの辺りまで来る草の中でも隠れてしまえる。見失わないようにしなくては、とコウヤは注意しながら見つめた。

そんな風に気を揉んでいるのを知ってか知らずか、ダンゴは後ろ足で立って体を伸ばすとコウヤを見上げる。

《ココ、へんでしゅ》

「変？」

そうして、ダンゴは動き始めた。臭いを嗅いで何かを探すように、カサカサと草をかき分けながら進んでいく。パックンも見失わないようにと、その後をピョンピョンと跳ねながらついて行った。

しばらくして、人が一人、二人余裕で隠れられそうな、平たい大きな石に突き当たる。隠れられる場所と言えば、これしかないだろう。その石は、碑石（ひせき）のように立っていた。

急に立ち止まったダンゴが顔を上げる。

《ココでしゅ》

「ここがどうかしたの？　トンネルでもあるとか？」

コウヤは裏側を覗き込もうと石に触れて気づいた。

「っ、これ、隠蔽(いんぺい)の魔法？　石に刻まれてる……まさか、刻印術(こくいんじゅつ)？　けど、そんなに古くない？」

石の縁(ふち)。そこに細かく刻まれている紋様(もんよう)と文字。これにより、魔法を発動させている。これが刻印術と呼ばれるものだ。

ただし、定期的に魔力を注がなくてはならないし、一文字でも欠ければ発動しなくなる。その難しさと使い勝手の悪さにより、大昔に廃(すた)れた技術だった。

目を凝らして確認すると、朽ちた所を彫り直したような部分がいくつかあるのが分かった。

《きょうかいの？》

《こんなばしょでこんなイシにでしゅ？》

この刻印術という技法は、コウヤが邪神と呼ばれるずっと前に、教会の守りのために柱に彫るものとして確立された。

まだ魔法を上手く扱える者が少ない、現代では古代と呼ばれる頃のこと。国もなく、人々は細々と集まり、外からくる魔獣達に怯えながら暮らしていた。そこで神の助けを求め、教会というものができた。

コウヤ達神も、祈る場所が固定されたことで、手を差し伸べやすくなった。安全な場所として力を注いだことで、少しでもその力を留めようと人々が考え出した方法が刻印術だった。

毎日、決まった時間に決められた柱に魔力を通し、守りを維持する。それが神官達の朝のお務めの一つ。魔力操作の訓練にもなるし、神官としての意識も高まる良い慣習だったのだが、いつの間にか消えてしまった。

この技法を知っているのは当時の司教や司祭達だけ。門外不出の技法だったのだ。それが今、吹きっさらしの平原の只中にある。色々と奇妙だった。

「これ、まともに見たの初めてだ……えっと、ここが隠蔽の……」

コウヤ達神が人々に授けた技法ではなく、人々が独自に考案した技法。それは神であるコウルリーヤにとって何よりも嬉しいもので、興味深いものだった。だが、当時は研究する機会がなかった。

《これだめだね (｡-_-｡)》

《あるじさまのキンセンにふれたでしゅ……》

パックンとダンゴは、こんな研究肌な困った主人には慣れている。そして、解明するまで動かないことも知っていた。

「あ、でも、これに似たのをどこかで……」

刻印術だと認識できなかったが、幼い時に、同じような彫り物を見たことがある気がすると、コウヤは空中に視線を投げて、記憶を探る。

ここに来た目的をすっかり忘れてしまったコウヤを見て、事態を収拾するため、パックンとダンゴは頷き合った。

《しかたない(｀^´)》
《おねがいするでしゅ》
パックンは石の正面に回る。そこで、ダンゴが注意を引くようにコウヤへ声をかけた。
《あるじしゃまぁ～》
「ん？　どうしたの、ダン……っ⁉」
コウヤが振り返り、少し石の縁から身を離したのを確認したパックンは、今だとばかりに巨大化して石を丸呑みした。
《いがいとあさめだった》
《セイコウでしゅ！》
「……」
呆然と石のあった場所を見つめるコウヤ。その後ろでパックンとダンゴは小躍りしていた。
「び、びっくりした……あ、これなんか懐かしいかも……」
そういえば、昔もこんなことあったなと思い出す。ただし、こんな何でもかんでも入るような滅茶苦茶なことはなかったはずだ。コウヤは改めてパックンを見た。
「本当に何でも入るようになっちゃって……」
《ほめられた！(*´ω`*)》
《あ、ズルイでしゅ！》
褒めてないとは言えなかった。

パックンとダンゴから目を逸らしたコウヤは、ようやくそれに気付く。

「あっ、扉?」

地面に扉が見えるようになっていた。

「これが隠されてたんだ……でも……」

けれど、妙だった。コウヤのスキルでも中の構造が察せられない。それはまるで迷宮のようだと考えていれば、いつの間にか近づいてきていたダンゴが教えてくれた。

《ちいさい……カクがあるでしゅ》

「迷宮のってことだね。じゃあ、やっぱり迷宮になってる? でも、門がないね」

《カンリシャがいないんでしゅ》

ダンゴによると、迷宮の核となるものが確かに存在するのだが、それを管理する精霊がいならしい。

《しょうめつをまってるのかもでしゅ。ここには……100ねんちょっとまえにあったみたいでしゅ》

核に力がなくなると、迷宮は消滅する。それを察して精霊達は管理を放棄するらしい。迷宮の扉は精霊の力によって作られるので、実際は精霊が離れる時点で扉がなくなり、迷宮は消滅したものと人々は判断する。

しかし、その時点ではまだ核は力を残しているのだ。迷宮として魔獣達を呼び出すことができなくなっても、場所だけは残っている。

「そういうのを知ってる誰かが、この扉を作って、さっきの石の隠蔽術で……開けてみよう」

コウヤは警戒しながらもその扉を開けた。そこにあったのは、闇だった。だが、目を凝らすと、その先に階段があるように見える。

「……空間を繋げてる？　危ない感じは一応ない……」

扉に使われている、残った迷宮に繋げる技術も、過去にあったような気がする。未だ完全に神であった頃の記憶が戻っているわけではないので、これは思い出せなかった。

「よしっ」

思い出せないことがあるのは不安だが、今は後回しにする。しかし、不安げには見えたようだ。ダンゴが心配そうに見上げてくる。

《あるじさま……》

大丈夫だと伝えるため笑みを見せようとしていると、パックンがコウヤの体の横をすり抜けて行った。

《せんとうはまかせろ～！ ψ(▼)ψ》

「えっ、ちょっ、パックン!?」

パックンが躊躇なく飛び込んでしまった。慌ててコウヤも入ろうとしたところで、パックンがピョンと顔を出して戻ってきた。

《かいだんあったよ～》

《あとわらってるひとがいる (・Д・)》

「笑ってる人？」

意味が分からず、コウヤとダンゴは首を傾げながら、まるで小さな池に入るようにそこへ飛び込んだ。

ふわりと一瞬浮くような感覚があり、足下にあった階段に苦もなく降り立った。

『ひひっ』

『はははははっ』

『いぃぃひひひひっ』

確かに笑い声が聞こえた。洞窟のような閉鎖的な場所での、くぐもった響きが耳に届く。

パックンを先頭にして進んで行けば、広い空間に出た。隠し部屋として使っていた所だろうか。

そこで見たのは、糸やロープに絡まって吊り下がっている人々。

《いっぱいつりさがってるね(-_-;)》

《からまっちゃったでしゅ？》

「だから笑ってる、とかじゃないよね……？」

天井や壁に金具で打ち付けられた糸やロープ。それはクモの糸のごとく張り巡らされ、盗賊らしき男達を絡めとっていた。そして、その男達は皆、声を上げて笑っていたのだ。

箍(たが)が外れたように笑い続ける盗賊達をコウヤ達は見上げる。

《きのこでもたべたの？》

《かわいそうでしゅ……》

「いや、なんかそういうんじゃないような……」

『きひひ』『あはは』と笑う男達の目は虚ろだ。ちっとも楽しそうではない。

「毒かな……精神系の魔法も使ってるような……とにかく、この人達を兵に捕まえてもらおう。動けそうなのはここにはもういないみたいだし」

装いや見た目から、盗賊であることは間違いなさそうだ。しかし、彼らは弱っている。よく見れば、小さな切り傷がとても多かった。

《あんなにわらっててだいじょうぶなの？》

「う～ん、致死系じゃないと思うんだよね。それに、ずっと笑い続けるっていうのはさすがに無理だから、いずれは止まるよ」

毒が神経に作用していても、精神に干渉されていても、永遠に笑い続けることはないだろう。痛みも度が過ぎれば分からなくなるように、反応し続けられるほど、人は機械的ではない。自己防衛本能がそれらを強制的に遮断してくれるはずだ。

「傷の具合から見ると、そろそろ収まるんじゃないかな。気絶するともいうけど」

コウヤの言った通り、笑い声に力がなくなってきた。しかしその時、ダンゴが声を上げる。

《あるじさま、アレ！》

ダンゴが小さな手で差した先。部屋の隅にあった四角いもの。それが、時計の文字盤のような魔法陣を少しずつ浮かび上がらせていくのが見えた。

「っ、もしかして爆弾!?」

火薬を使っているわけではない。それは時限式の魔導具だ。

ダンゴを慌てて掴み取り、胸に抱え込む。

「ちょっ、パックっ……」

《かいしゅう！》

「ええっ⁉」

次はパックンをと思ったコウヤは、唐突にパックンによって魔導具が回収されたのを見て、動きを止めた。

《3びょうまえはきちょうだね♪(´ε`)》

大変満足げだ。

《……いいでしゅか……アレ……》

「……」

さすがのダンゴも呆れていた。

「ま、まあ、回避できたし……」

結果が良ければ良いだろうか。もしかして、ああして何秒前かで止まっている爆弾が、いくつもパックンの中にあるのではないかと考えて、すぐに頭を振った。知らない方が良さそうだ。

胸に抱えていたダンゴがもぞもぞと動いて顔を出す。

《あるじさま。ココはかくにんしてまってましゅから、ヘイのひとたちよんできていいでしゅよ》

「え、二人だけで大丈夫？」

《あい！》

《おたから～♪(´▽`)》

「……」

ダンゴはしっかりしているし、パックンも今は収集癖が出ているだけのはずだ。ならば、場所を知らせて急いで戻ってくれれば良いかもしれない。

盗賊達が弱っている以上、今が捕まえる好機だ。さすがにパックンに全ての男達を回収させる気もない。これは兵達の仕事だ。

「分かった。すぐ戻ってくるから、危ないところがあったら逃げてね」

《まかせるでしゅ！》

良い返事をして飛び上がって、空中で一回転すると、ダンゴの姿が消えた。核のある場所へ転移したのだ。

ここは、一応はまだ迷宮だ。ダンゴの迷宮管理スキルも使えるだろう。支配下に置いてしまえば外部の侵入者を招くこともあり得ない。

「パックン！　ダンゴは管理部屋に行ったたし、俺は応援を呼んでくるからね！　変なもの回収しちゃダメだよ！」

先にあった通路へ行ってしまったので返事は分からないが、了承を示す意思が伝わって来たので大丈夫だろう。そう思いたい。

まだ盗賊達は笑い続けている。だが、恐らくもう力尽きていくだろう。先ほどの爆弾は、時限式だったのだ。これを仕掛けた者は、盗賊の意識が完全に落ちる前に、トドメを刺すつもりだったのかもしれない。

「……笑いながら死ねってことだったりして……」

嫌な予想をしながらも、コウヤは外に出てからユースールの町へ転移した。

ユースールの町の手前。小さな祠で、年齢がバラバラな十数人の男女が夜営の準備を始めていた。街道からもかなり離れている森の中だ。誰も通ることはなく、近づいてくる魔獣は遊び半分で狩り取り、夕食の材料となる。

「あははっ、面白かったなぁ。あんな所に隠れてるってのもビックリして面白かったけど、奴らの顔がさ～」

他の面々が一切表情を出さないのに対し、幼い七歳ほどの姿の彼だけは、楽しそうに声を上げていた。見た目は幼いのに、言葉や態度は青年のようで、とても奇妙な違和感がある。

同意が誰からも返らないと分かっていても、彼は一人、喋り続けていた。

「でもさぁ、あそこを拠点にするのも良かったかもね～。惜しいことしたかなぁ。今頃、吹き飛んでるよね～」

良い隠れ場所で、良い住まいになりそうな場所だった。だが、嫌な感じもしたのだ。彼が嫌う教会の気配があった。だから、貴重な魔導具を使って吹っ飛ばすことにしたのだ。中にいた盗賊共々。

「あ～、けどいいよね。どうせジッとなんてしてらんないし～。あんな場所で閉じこもるのは昔を思い出しちゃうよね……」

ここで初めて声のトーンが落ちた。けれど、それでも周りにいる男女は顔を向けない。何かに突き動かされるように、夕食と寝床を作る準備に勤しんでいる。

少年はそんな姿を見つめ、胸元にある首飾りを服の上から握りしめる。それは、何かを考える時にしてしまう無意識の行動だった。

「ねぇ……オレ達はどこに行くんだろう……どこまで行けばいいんだろう……」

弱音だって、誰も聞いてはくれない。それを分かっていても止められない。彼らはただ側にいるだけ。命令を聞くだけ。そうなってしまったのは一体誰のせいなのか。それに思考が辿り着けば、いつものように彼はクスクスと笑い出す。

「ふははっ、教会で踏ん反り返ってる奴らを全部殺して、奴らの罪をキレイに浄化したら、スッキリするよねっ。そうしたら神さまだって褒めてくれる。バカをやった奴らを全部根絶やしにすれば、それでオレ達はきっと元に戻れるんだっ」

願って、祈って、罪を認めさせて、それで自分達は救われる。そう信じている。

「でも、いつになったらバカは全部消えるのかな？　どこまで行けばいいのかな？」

無限のループ。辿り着けない答え。その答えをくれる誰かをずっと、彼は心の中で叫ぶように求め続けている。

思い出すのは、昼間に襲った盗賊達の表情と笑い声。盗賊を襲うのは、自分達の食料と金を手に入れるため。悪人から奪うのならば何の問題もない。

誰かに迷惑をかけて生きている人なんて死ねばいいというのが、彼の持論だ。けれど、別に彼らには恨みはない。だから慈悲を与える。

「笑いながら死ねたかな……楽しい夢を見ながら……」

空を見上げれば、星が瞬き始めている。美しく光るそれらが命の輝きのように見えた。

「ねぇ神さま……オレ達はどこまで行けばいいの？」

その声は誰の耳にも届かない。ここにいる者達にすら響きはしないのだから。それでも胸元を握りしめて、願うように口にせずにはいられないのだ。

特筆事項③　薬屋をプレゼントしました。

コウヤから知らせを受けて、盗賊達を捕らえるために出動して行った兵達は、次の日の昼ごろに戻ってきた。

『咆哮の迷宮』より近い場所だったことと、コウヤが盗賊達を乗せる荷台を改良し、軽量化させたのが良かったのだろう。馬も疲れさせることなく、戻ってくることができたようだ。

コウヤが、彼らが帰ってきたと知ったのは、もちろんスキルにもよるのだが、それを使わなくとも、同行した冒険者達が依頼完了の手続きに来たからである。

「今戻った。これが完了の証明書だ」

代表として、同行したグラムが、兵達から渡された証明書を差し出す。

領兵の仕事は基本、人間相手の治安維持と、所属地の防衛だ。魔獣も町に向かってくれば対処するが、進んで戦うものではない。そんな魔獣や魔物相手には不得手な兵達が、盗賊退治のために町を出て、負傷して帰ってくるという話は多い。

力量で言えば騎士の方が適任だが、お偉方の護衛にかかりきりの彼らは、盗賊退治などという雑事には出てこない。人数的に厳しいという事情もあるため、これはどうすることもできなかった。だが、兵だけで行かせれば危ないのは分かり切っている。

そこで、ユースールの町では、冒険者を戦力として同行させることにしていた。これは珍しいことで、そもそも他の町では冒険者ギルドと、国に所属する兵達は仲が悪い。

兵は身分の低い冒険者達をバカにするし、冒険者達は自分達よりも力が劣ると兵をバカにする。

しかし、このユースールの町だけは違う。誰もがこの辺境の地で協力し合い、助け合って生きているのだ。

何より、この方法を提案したのがコウヤだというのが、大きいかもしれない。コウヤに『ダメですか？』と笑顔で提案されれば、誰もが意地を張っていてはいけないと思わせられるのだ。

とはいえ、この町の兵達は、魔獣が多い辺境にいることもあり、実力はある。日頃の訓練も、冒険者に交ざってすることも多いので、実際は王都にいる騎士達よりも強いかもしれない。

グラムからの依頼完了証明書を、コウヤは頭を下げて受け取る。

「はい、確かに。夜遅くにお疲れ様でした」

「気にすんな。それに、俺らが盗賊退治するとほとんど殺しちまうが、兵達と協力すれば捕まえて罪を償わせられる。やっぱ、あんま人を殺したくはねえからな」

そう。冒険者が依頼で受けたり、返り討ちにしたりする場合、盗賊は生かす必要がないとされている。捕まえて連れて来るとなると、その道中に危険を伴うので、余程近場に町があって兵に引き渡すのに苦がない場合以外は殺してしまう。

盗賊退治の依頼では、遂行後に専門部署のギルド職員が検分し、それ以降の目撃情報などを整理した上で、達成が確認される。依頼達成が確認されるまで時間がかかる上に、相手によっては面倒な事情聴取もされるので、冒険者にとっては、はっきり言ってやりたいとは思えない仕事だ。

それに比べて、今回のように兵達と合同で行けば、確実な証人にもなってくれる上に、対人戦が得意な兵達は加減も分かっており、無用な殺しもしなくて済む。

冒険者達の仕事は、道中の護衛と道案内。それと、捕らえる時の支援や逃走ルートの検索くらいのもの。

それで確実にその日のうちに報酬が支払われるし、兵達がその場にいるのだから面倒な事情聴取もない。とっても丸く収まる、いいことずくめの仕事だった。そのメリットをこの町の冒険者達はしっかり理解している。

グラムの連れの冒険者達が、うんうんと頷く。

「その上、追加報酬もあったりするからなあ」

「本当に、他の町でもやりゃあいいのによお。盗賊の戦利品を目当てにしてる奴らもいるが、そんなに持ち出せるもんじゃねぇしな」

「そうそう。けど、これなら兵達で全部持ち出せる上に、金は一割山分けできるし、盗難品の持ち主に感謝されて更に礼としていくらかもらえたりするしな」

「それそれっ。あとで追加報酬もらえんの嬉しいよなっ」

盗賊を倒した後に見つけた彼らの戦利品は、拾得者（しゅうとくしゃ）のものというのがこの世界の常識だ。しかし、金でも物でも全て運び出せるものではない。仮に空（くう）の属性を極めた亜空間持ちであっても、容量には限度があるため、せいぜい三人分程度が限界だろう。

だが、今回のような場合は、全てを兵が一度接収する。その後、謝礼として、この領では金貨類の二割を冒険者ギルドへ渡すことになっている。

よって、領からは一切金を出す必要がない。受け取った二割の金は、半分を冒険者ギルドに入れ、残り半分を参加した冒険者達に分配していた。

この依頼は冒険者ギルドが報酬を出しているので、すぐに支払えるというわけだ。更に、盗難の届け出がされた品があった場合、持ち主の判断で、追加の礼が冒険者ギルドに送られる。それはそのまま分配していた。

「それにしても、コウヤがアレをやったわけじゃねぇよな？」

冒険者の一人に尋ねられて、少し考えてから頷く。

アレとは、盗賊達の状態のことだろう。ヒモや糸を絡められ、天井に吊るされていたあの状態のことだ。

「はい。俺が見つけた時にはもうあんな感じで、全員がおかしくなったように笑ってました。あれは異常な光景でしたね」

「……俺らが行った時には疲れ切ったみたいになってたけど、笑って疲れてたんかよ……」

彼らも驚いたのだ。あの場所に隠れた根城があったことも驚愕だったが、思い出したくもない状態だった。下手に戦闘になるよりも、あのヒモを外して運び出す方が大変だったのだ。

「ヒモに絡まったおっさん達が笑う図とか……うぇぇ……コウヤ、すぐに忘れろ。よしっ、おっちゃん達が、お姉ちゃんのいっぱいいるとこに連れてってやっからなっ」

「バカやろうっ、そんなとこ連れてくんじゃねぇっ。コウヤを汚す気かっ。間違いなく姉ちゃん達に食われるぞっ」

「俺も反対！　それよか酒飲んで忘れたら良いんじゃねぇの？」

「お前もバカか！　コウヤに酒なんて飲ませんじゃねぇぞ！」

冒険者達は窓口から離れて、そんな言い合いを始めた。その間に、コウヤはしっかり仕事をしており、全員に報酬を用意していく。

コウヤの前には、今回の仕事を請け負ってくれた冒険者達のギルドカードがきれいに並んでいる。その全てに入金し終わると、ヒートアップする彼らにいつも通り声をかけた。彼らの話はほとんどコウヤに届いていなかった。

「お待たせしました。カードをお返しします」

「「「「おうっ」」」」

間違いなく一人一人に手渡し、確認をしてもらうと、笑顔で彼らに伝えた。

「皆さんの楽しそうな様子を見てたら、昨日の光景も忘れられそうです。ご心配ありがとうございましたっ」

「「「「っ……！」」」」

「ん？」

グラムまでもが目を潤ませて口を押さえる。まるで声を出すのを堪えているかのようだ。

心配しなくとも、このおっさん達が『ええ子や……っ』と感動する図の方が、あの異常な吊るされ男達の図を上書きしたのだが、それが良かったのかどうかは不明だった。


盗賊の根城の発見にコウヤがガッツリ関わっているとしったギルドは、職員の昼食休憩が回りきった時分に、コウヤから仕事を取り上げた。

「いい加減休んでくださいとのことです」

職員全員を代表して、別の町からの異動組の三人目の女性、セイラがキリッと顎を引いて美しい姿勢で告げた。

セイラは、異動組の中で一番年長。二十六歳の切れ長の目をした美人なお姉さんだ。メガネをしたら似合いそうだなというのが周囲の第一印象。しかし、視力はびっくりするほど良いらしい。

「シフトの調整もできました。明日も一日お休みしていただいて大丈夫とのことです」

「え……」

彼女の後ろには、異動組の二人、マイルズとフランもいて何度も頷いている。更に後ろでは受付に座る者も、裏で事務仕事をしている者も、全員がコウヤを見て頷いていた。それを見てコウヤは困惑する。

「俺……仕事しちゃいけないんですか？　もしかしてクビとか？」

それを聞いた冒険者達は、揃って受付や他の職員達にガンを飛ばした。それはありありと胸の内を代弁していた。

『俺らのコウヤを辞めさせるだと⁉』

これを正確に読み取った、読み取ってしまった職員達は、慌ててジェスチャーで首を振り、手を振り誤解を解く。

言葉にしたのは、冒険者達の視線に冷や汗を流しながら、決してそちらを見ないように首を固定したセイラだ。

「そっ、それは絶対にないです！　寧ろコウヤさんに辞められたら、このギルドは終わります……物理的に……」

最後に小さく付け足された言葉は、なぜか後ろにいた職員達の耳に届く。内心では、首が折れ飛ぶくらい高速で頷いていた。

今までコウヤを酷使していたギルドのトップが生き残っていられたのは、ただコウヤがこのギルドを大切にし、楽しそうに働いていたからだ。

決してコウヤに迷惑をかけるなというのが、冒険者だけでなく、町の住人全ての暗黙のルール。もし、そのコウヤをクビにしたとなれば、確実にギルドは半日とせず壊滅する。物理的に。

この町にやって来て数日の異動組や、未だそこここで作業をする査察官達ですら、その空気を正確に読み取っていた。

「う〜ん……でも、最近俺ばっかりお休みもらってるような……」

「失礼、コウヤはいるか？」

その時、ギルドへ入ってきたのは、次期領主であり、この町の兵達をまとめている領兵長のヘルヴェルス・ガルタだった。

「こんにちは、ヘル様。盗賊の件ですか？」

ギルド内の異様な空気に内心首を捻りながらも、コウヤを見つけたヘルヴェルスが真っ直ぐ歩み寄ってきた。

「いや、あの人の治療が終わったみたいでね。呼びに来たんだよ。忙しいならあとにするけど、どうかな？」

あの人とはゲンのことだ。まだ周りには、ギルドの隣に出来る建物が何なのかも知らせていないので、ヘルヴェルスもゲンの名前を出さなかった。

楽しいことが好きなのが領主一家だ。密かに世話になっている冒険者達も多い頑固者のゲン。彼が隣に来て薬屋をするとなれば、大騒ぎとまではいかなくても、彼らを驚愕させることができそうだと思っているのだろう。そういう面白いイベントは、時が来るまで伏せておくに限る。

　コウヤに目を向けた後、その隣の職員達へ視線をズラしていくヘルヴェルス。そこで好機と見たのは職員達だ。セイラが強く頷くと、コウヤではなくヘルヴェルスへ告げた。

「問題ありません。コウヤさんにはもう上がっていただこうと思っていました。昨晩もほとんどお休みになっていないようですので」

「それはいけないねぇ」

　当のコウヤは『あれ？　そうだっけ？』と首を傾げている。

　確かに、昨夜は兵達へ連絡した後、同行する冒険者を募り、依頼を発注する作業をした。彼らを見送ってからは、急いでパックンとダンゴを転移で連れ帰ったりもした。

　その後、夕食を取ってから『咆哮の迷宮』がもう元通りだと確認できたので、それまで止めていた一部依頼を復活させる作業の算段に入った。翌日に回すつもりでも、準備は大事だ。

　そのついでに盗賊退治の依頼を下げなくてはと手を出し、引き下げの手続きを他の職員に任せると、次に商業ギルドへ出かけた。基本、商業ギルドもいつでも開いている。夜に到着してしまった商人を泊める施設もあるし、問題が起これば対処もできるようになっているのだ。

　そこで盗賊が捕縛されることを知らせ、盗難品のリスト作成を依頼する。盗賊のいた部屋をざっと見たところ、お金類は少なかったが、盗難品は山とあったのだ。換金する必要のある物は、根城に残っている場合が多いので、可能な限り商業ギルドもまとめている。

　ついでに、現在建設を進めている建物について、商業ギルドへ頼んでいたことの最終確認をしてもらい、帰宅したのは深夜もすっかり回った時分だった。

更に帰宅してからも、盗賊達の症状を思い出し、毒なら解毒薬が必要になるかなと、一応何にでも対処できる万能薬のストックを作り始めた。

それが一段落した後、作業が途中になっていた薬屋のカーテンや、ベッドにセットする布団の製作を眠くなるまでと決めて手を出した。そうして、いつの間にか朝方になっていたのだ。

しかし、そんなことを同僚達が知っているはずがないのだが……と何気なく視線を落とした先で、パックンが伝えてきた。

《はうこくしました！(¯^¯)ゞ》

《みっこくともいうでしゅ》

「……」

実に正直だ。疑問は口にする前にあっさり解決してしまった。

「それじゃあ、行こうか」

「分かりました。それでは、先に上がらせてもらいます」

「はいっ、明日もお休みでお願いします。お疲れさまでしたっ」

皆に見送られ、コウヤはヘルヴェルスとギルドをあとにした。

◆　◆　◆

コウヤが去った後のギルドでは、職員達が一丸となって仕事に励んでいた。

「今日明日で完璧に軌道に乗せますからねっ」

指揮を執るのは、サブギルドマスターになるエルフの血を引く女性――エルテだ。

職員達と査察官の仕事の状況を確認し、一度ギルドマスターの部屋へと向かう。

部屋に入ると、ギルドマスターであるタリスが真面目に仕事をしており、彼女はこの珍しい光景に驚いた。

「どうなさったのです？　ようやくマスターとしての自覚が出たのですか？」

「ヒドイよ、エルテっ。僕だってちゃんと仕事する時もあるんだからね？」

何気に失礼な言葉も、二人にとっては挨拶のようなものだ。

更に言えば、本当に時々しか真面目に机仕事をしないタリスを、いつも苦労して椅子に縛り付けるのがエルテの仕事だったりする。

「時もあるってなんですか。いつもちゃんとやれば、何時間も椅子に座っていなくて済むんですからね？　いい歳なんですから、そろそろ学習してください」

「いい歳って言わないでよ。お互い様でしょ？」

「私はまだ若いです」

「それ、気持ちはってことだよね？　あ、冗談だよ？」

彼女がキッと睨めば、タリスは慣れた様子で目を逸らした。エルフの血を引くため、エルテも見た目の倍は生きている。

「それよりね、ちょっと案内頼みたいんだよ」

「案内ですか？　一体、今度はどこに行かれるつもりなんです？」

少々トゲのある言葉を投げかけられながらも、タリスはのほほんと笑って椅子から飛び降りた。

「先に君に教えておくよ。隣なんだけどね」

「隣……」

タリスの先導でエルテが案内されたのは、隣の工事現場に繋がると教えられていた、ギルドの奥の通路。扉を開けると、木の良い香りに包まれる渡り廊下が続いていた。

「ここね。もう完成して、最終確認に入ってるんだって。今朝、コウヤちゃんにここの施設の案内をしてもらったんだよ」

そういえばタリスが朝、一時コウヤと出かけていたなと彼女は思い出す。

「それで、ここは何なんですか？　ギルドと扉で繋がってしまっていますが、増設するべきものがありましたでしょうか」

彼女も、何が出来たかということを今まで知らなかった。ただ、扉で繋げると聞いて、ギルドの施設を追加しているのだなと思っただけだ。色々とやらなくてはならない処理が多過ぎて、そこまで頭が回らなかったのだ。

「一階が『大衆食堂兼酒場』で、二階から上が僕らのお家だよ」

「……あっ、寮ですか!?　そういえばないと……」

「うん。僕もうっかりしてたよ。今泊まってる所、寮じゃなくて宿屋だもんね」

とりあえず体制を整えることだけを気にしていたことと、今までの寮とそれほど環境が変わらない宿に泊まっていたことで、すっかり失念していた。

現在、査察官や異動してきた職員達は、まとまって一つの大きな宿に泊まっている。そのため、もう寮にいると勘違いしていたのだ。

「ここはすごいよ～。すっごい贅沢。高級宿もびっくりなお家だからね。毎食の食事は下の食堂で食べれるように、契約することになってる。近いからすっごく助かるよね」

冒険者ギルドでは、職員達への福利厚生の一つとして、特定の食事処と契約し、一日二食まで特別価格で食事ができるようになっている。予想通りというか、前ギルドマスター達上層部によってその経費は抜き取られており、職員達は各自で食事を取っていたのだ。

昨晩、コウヤが商業ギルドで最終確認をお願いしていたのは、この契約のことだった。

「それも、ここは商業ギルドと関係が良くて、利用回数の制限なしでいけそうなのよ。『健康に配慮したコウヤ印の食事を提供させてもらいます』って言われたんだ～」

「そんな契約を……」

どの町でも、冒険者ギルドと商業ギルドの関係は微妙だ。冒険者は護衛の依頼を受けるが、そこで問題を起こさないのはごく一部。商人達は『学がない』と冒険者達をどこか見下しているし、冒険者達は守ってやってるからと大きな態度を取る。商人に足下を見られて素材を買い叩かれた経験のある冒険者も多い。

そのため、友好的にはならなかった。しかし、このユースールでは、領兵と冒険者の関係と同様に、びっくりするほど商人達とも関係が良いのだ。

「驚くよね。けど、間違いなくそう言ってくれてるみたい」

「そうですか……」

「契約は明日の午後一時。この食堂でね」

「承知しました」

エルテは納得できてはいないが、その契約の時に分かるだろうと頷いた。

次に二階へ上がる。

「あと驚くのはねえ。部屋が全部空間拡張されてるから、びっくりなくらい広いの」

「……なんですかこれ……」

タリスに先導され、手近な部屋に入った彼女は呆然とした。ベッドなど一通りの家具は揃っており、布団までセットされている。間取りはどれも同じなので、格差はない。だが、一般的な宿屋の部屋の倍は広い。

「家具がすごいんですけど……」

「だよね。全部ドラム印入ってるからね。最高級家具だよ。貴族様でも揃えるのが難しいフルセット。これ、バレたら何か言われないかな？」

「……」

愉快だと笑うタリス。だが、エルテは笑い事ではないと息を呑む。確かに、今大人気のドラム印の家具を持っていると貴族達にバレれば、色々言われそうだ。

大工であるドラム組が、技術向上のためにと作製する家具は、見た目も木目(もくめ)が美しく、当然歪みもないし、引き出しは気密性が高い。装飾の彫刻も素晴らしく、これぞ職人技というのが作りに表れたものになっている。

このユースールの商業ギルドによって王都へ届けられ、多くの貴族達の支持を受けるようになったのはここ数年のことだ。現在、その人気は爆発的に広がっていた。当然、予約待ちも多い。

そんな家具が全ての部屋に用意されているなど、正気の沙汰(さた)ではなかった。

「それでね。部屋割りを頼みたいのよ。明日の朝から、順次移動も始めちゃって。食堂の方はもう準備し始めてるみたいでね。明日の昼から営業だって。ここの商業ギルドって、ものすっごくフットワーク軽いみたい」

ここを案内された今朝方、タリスがコウヤに引き合わされたのは、商業ギルドのマスターだったらしい。

食堂と酒場の経営者は決定しており、既に厨房器具(ちゅうぼうきぐ)などを運び込んでいたという。『そういうことなんで！』と言って、颯爽(さっそう)と次の商談へと消えていったマスターは、脳筋に見えるガタイの良い壮年(そうねん)の男だったようだが、かなりのやり手らしい。立地が良いので、特に店の宣伝はしないと強気だそうだ。

まずは冒険者達がターゲットになる、とギルド内に掲示するお知らせの紙だけ受け取っていた。

「それじゃあ、頼んだよ～」

「……」

部屋に残されたエルテは、呆然と立ち尽くす。すると、そこにドラム組の工員が現れた。

「あ、ギルドの人っスね。これ、頼まれてた見取り図っス。細かい端っこの注釈は部屋の機能とかなんで、一応目ぇ通しておいてくださいっス。ギルドの方の保管用なんで、持ってっていいっスからね。あと、まだ作業してるっスけど、内覧は自由にしてくれて構わないんで。よろしくっス」

手渡された見取り図を見て、エルテはヒッと息を呑む。

明らかに部屋数が多い。空間拡張機能は、各部屋だけでなく建物全体にわたっているため、部屋数も外からの見た目よりも遥かに多くなるのだ。それでも気持ち悪く感じることはない。それは、作った者達の技術力が高い証だった。

そして、端の方に注釈が沢山書かれていた。中でも目を引いたのは、聞いたことのない部屋の機能。

「……『自動清浄化機能』……なにそれ……」

付け加えられている説明文には、誇らしげなものがあった。

『埃やシミなど、部屋の汚れを判別してダストシュートへ転移させる（試験成功！　商技登録完了！　コウヤ最高!!）』

転移なんて、ダンジョンじゃないのだからと思いながらも、納得するしかなかった。だって最後にあるじゃないか。思わず書いてしまったらしい勢いで、『コウヤ最高!!』と。

「……あのコウヤ君なら、なんでもできてしまいそうなのよね……」

とんでもない建物が出来たものだと、戦々恐々としながらも他の職員達を呼びに部屋を出た。

因みに、二階と三階が寮となるが、二階に男性用、三階に女性用の大浴場まであり、この後仰天することになる。

エルテが落ち着いたところで、寮の説明を受けた職員達は、内覧中口を開けっぱなしにし、最後に『コウヤが関わってるなら何でもアリ』と、無理やり自分達を納得させるのだった。

◆　◆　◆

領主邸にやってきたコウヤは、当主であるレンスフィートや、ヘルヴェルスとその妻であるフェルトアルスに急かされるようにして現れたゲンを見て、笑みを浮かべた。

応接室のソファに座っていたコウヤが思わず腰を上げると、隣に座って（？）いたパックンもすかさず驚きを表示する。

《べつじん⁉ Σ(◉▭◉)》

ふっと目に入ったその言葉には同意するが、正直に言い過ぎだろう。因みにダンゴは、パックンの上で首を傾げている。以前の姿を知らないので分からなくて当然だ。

「どうだ、コウヤっ」

自慢げに言うゲン。その態度も、表情も若返っていた。以前は顔の左側の額から顎近くにかけてまっすぐに通っていた切り傷は、あったことすら分からないほど綺麗に消えていた。

眼球も深く傷付き、開くことのなかった瞳が、右目と同じ漆黒の色と輝きを見せている。

「はいっ。視力も悪くなさそうですね。薬も高品質で完成していたようで良かったです」

「分かるのか？」

「ええ。恐らく品質値は『4』ですね。傷だけでなく、周りの血流も良くなっています。何より、目だけでなく、同時期に負った傷まで治ったのがその証拠です」

因みにこの『目の部分欠損再生薬』の、品質の違いによる効能は次の五段階。


1……目の部分の傷が消える。視力回復0％。

2……目の部分の傷が消える。視力回復50％。

3……目の部分の傷が消える。視力回復100％。

4……同時期に負った傷が消える。視力向上。

5……同時期に負った傷が消える。欠損していない目も視力向上。更に暗視(あんし)や魔眼(まがん)スキルを手に入れやすくなる。


服用後の完治した状態で品質が分かりやすいのは、欠損再生薬ならではだ。当然、治癒するまでの痛みの度合いや時間も変わってくる。

「初めて作って4なんて。凄いことですよっ」

「ありがとな。材料を無駄にせずに済んで良かったぜ……」

失敗は許されないと、実践前に何度も手順を確認したらしい。貴重な材料だ。いくらパックンがいう。

バカみたいに持っていても、それをゲンが当てにできるわけもなく、緊張感を持って作り上げたという。

「けど、こうして問題なく歩けるようになるまで丸一日かかったぞ。その間、痛いんだかむず痒いんだか分からん感覚がして寝れんし……体験できたことは良かったがな」

この時までコウヤと会わなかったのは、治癒してからしばらく、疲れて眠っていたからだ。

更に、以前よりも格段に視力が良くなっているなど、今までの体のバランスとは違ってしまっていたために、普通に歩くだけでも違和感があった。

それらの問題がようやく落ち着いたとはいえ、ゲンが直接会いに行ったのでは、ゆっくり話もできない状態になるだろうということで、コウヤの方を呼んだというわけだ。何より、このコウヤとの顔合わせに領主一家が立ち会いたかったという事情もあった。

改めてゲンと向き合う。レンスフィート達もソファに腰掛け、見守る態勢だ。コウヤがゲンの状態を観察していれば、勢い良く頭を下げられた。

「コウヤ、本当に感謝してる。ありがとう！」

「そんなっ。薬を完成させたのはゲンさんです。今までの経験や努力がなければできなかったことですよ。俺がしたのは、レシピの資料と材料を少し融通しただけですからね」

ただのレシピではない。暗号のような古代の言葉で書かれた資料でしかなかった。それを読み解き、材料が何かを解読したのもゲン自身だ。材料の方は、たまたまいくつかを所持していたので、それを渡したというだけに過ぎない。

「それが難しかったんだが……」

コウヤにとってはそれだけでも、実際にそのレシピを探したり、すぐには手に入らない貴重な材料を集めたりすることは、今までのゲンには不可能だった。その難しさを知っているからこその感謝だ。

「だって、運も実力の内ですよ。ここでゲンさんが探していた薬を手に入れられたっていう運も、これまでのゲンさんの行いによって生まれた実力の一つなんです」

これを聞いてレンスフィートが頷いた。

「コウヤを引き寄せたのは、それだけの実力があると認められた結果ということだな」

周りに助けられるのも、その人の持つ力による。

時折『あの経験がなければ今のこれはできないだろうな』とふと思う時がある。その経験ができたこと自体が、実力によるものだろう。だから、これからプレゼントする薬屋も、手に入れるという運を引き寄せたゲンの実力だ。

「はい。なので、これから快気祝い(かいきいわ)をお見せしたいんですけど、良いですか？」

「ん？　いや、これ以上何を……」

ゲンは貰い過ぎだと思っているらしい。けれど、コウヤにあげ過ぎている自覚はない。

「ゲンさんには、ギルドの隣で薬屋をやってもらうって言ったでしょう？　もう店が出来たんです。夜には入れますよ。二階に住居スペースも完備してますから、引っ越しお願いしますね」

「……は？」

るナチだ。

ゲンがキョトンとするのにも構わず、コウヤは続けた。顔を向けた先は、ゲンの後ろに控えてい

「ナチさんの住居スペースもあるから、好きな時に引っ越して。もちろん、これから増えるかもしれないお弟子さん達の部屋も充分用意したし、お手伝いさん用の控え室とか、小さなキッチンとかもあるんですよ。でもご飯は、隣に一緒に出来たギルドの寮の一階に、大衆食堂っていうか、酒場を作ったからそこでも大丈夫です。朝の三時まで開いてます」

「「「「……」」」」

一気に喋ったコウヤは、満足げに息をつく。しかし、何の反応もないなと視線を上げて周りを見ると首を傾げた。

「あれ？　どうかしました？　あ、実際に見ないと実感湧きませんよねっ。今から行きます？　工事は終わってて、あとは施設の最終確認だけなんです。内覧は今からでも……あの？」

全く動きがない。瞬きもしないので、心配になった。

「どうしました、皆さん。もしかして、この後予定が？　なら、明日とかでも良いんですけど……」

「それはないが……いや、でも待ってくれ！　店を作った!?」

「え？　はい。だって、そういうお話でしたよね？　ゲンさんだって、俺が用意したものなら何でも良いって言ってましたし、あっと驚くものを用意するって言ったじゃないですか」

「……」

ゲンは中途半端に腰を浮かせたまま、また固まった。間違いなく言ったはずだ。

『お前さんが用意してくれるもんならなんでもいい！』

『ふふ、分かりました。あっと驚くものをご用意しますよ』


これがあの日の会話なのだから。

それをおぼろげに思い出したのだろう。ゲンが疲れたように腰を下ろし、ソファに沈み込んだ。上を向いて片手で目の部分を覆う。

「……あんなんその場の勢いじゃねぇか……快気祝いが店って……」

「何かマズかったですか？」

コウヤもその場の勢いで言ったというのは分かっていた。それを分かった上で言質（げんち）を取ったのだ。ニコニコと笑うコウヤ。まさか、快気祝いだと言って用意された店を、突き返すなんてことはできないだろう。コウヤは、チャンスは逃さない。

復活し切れないゲンを見て、レンスフィートが笑う。

「諦めろ、ゲン。領主としても願ってもないことだ。このユースールにはまともな薬屋がなかったからな。いい加減、商業ギルドにも登録して、正規の薬屋になってくれ」

薬屋として店を持つには、商業ギルドに登録しなくてはならない。現状、このユースールの町で薬を作れるのはコウヤとゲンくらいだ。

薬自体は、冒険者ギルドや、道具屋と呼ばれる買い取りや鑑定を行う店で売られているが、薬だけを扱っているわけではないし、ましてや作っているわけでもない。

コウヤもゲンも、作った薬をたまに冒険者ギルドなどに売る。または、個人的に付き合いのある者と直接やりとりをするのだが、店として薬屋をやっているわけではなかった。

「そうですよ。ゲンさんが薬屋をやってくれれば、俺ももうゼットさんから、ギルドを辞めて薬屋やれって言われなくて済みます」

「……ゼットって、商業ギルドの……」

ゲンが上体をゆっくりと起こして、前かがみになりながら尋ねてきた。

「ええ。去年、商業ギルドのマスターになられた方です」

「は？　あいつがギルドマスター……？」

「はいっ。あ、もしかして知らなかったですか？　去年のはじめくらいに、商業ギルド内の人事が大幅に変更されまして、半分くらい汚職で検挙されていきましたよ」

「……マジ？」

これを聞いて、ゲンはレンスフィートへ確認を取る。重々しく頷き返され、表情を引きつらせた。

「すごかったですよ。汚職の証拠を突きつけられた前のギルドマスターとか半数の職員さん達を、最終的に笑いながら護送車に放り込んでました。あの上腕二頭筋はカッコいいですよねっ。憧れますっ」

「……やめてくれ……」

コウヤがキラキラとした瞳で思い出しながら微笑む様を見て、ゲンが思わず口に出す。レンスフィートやヘルヴェルス達は、顔を真っ青にしていた。そして、揃ってゲンへ必死の目で訴える。

『コウヤをこれ以上あの人に関わらせるな』と。すなわち『薬屋はゲンがやれ』ということだ。

ゲンは、前の商業ギルドのマスターをはじめとした者達が、あまり好きではなかった。時折訪ねてきては『薬を売れ』と高慢に言ってくるような者達だったのだ。薬屋をと言われても頷かなかった理由の一つが、彼らと関わりたくなかったから。

けれど、それがないのならば、特に嫌というわけではない。何より、コウヤがあの筋肉大好きな男に会う機会を少しでも減らしたいと思った。コウヤに立派な上腕二頭筋は必要ない。

「……分かった。その快気祝い、有り難くいただくとしよう。店を見て、商業ギルドへ登録してくる」

「はいっ。お願いします！」

レンスフィート達もよく決心してくれたと、嬉しそうに頷いていた。

内心は『コウヤを筋肉からよくぞ離した』というわけの分からない感動でいっぱいだった。

ゼット自体はとても気持ちの良い人物で、悪い影響などないのだが、彼と一緒にいると、コウヤが筋肉に憧れて鍛え出しそうなのだ。それだけは避けなくてはならない。コウヤは可愛らしいままでいいのだ……というのが、周囲の一致した見解だった。

その後、ゲンとナチ、それとどうしても見てみたいと言うレンスフィートを連れて、コウヤは馬車で薬屋まで向かうことになった。

「コウヤは、他に予定はなかったのか？」

のんびりとした馬車に乗るのが珍しくて、窓の外を楽しそうに見ていたコウヤは、レンスフィートに尋ねられ、正面へと顔の向きを戻す。

「はい。休めと言われてしまいまして。明日も一日空いてしまったんです。休みになるなら昨日、布団作りまで手を出さなかったんですけど」

「布団？」

またおかしなことを、とレンスフィートが苦笑する。聞いていたゲンは不思議そうに顔をしかめた。

「コウヤは布団まで作れるのか？」

「作れますよ。ゲンさんのお布団はもうセットしてありますから、今夜からあそこで寝られますからね」

「……布団とか、貴族様のもんだろうに……もったいねぇ……」

一般家庭には、布団と呼べる代物は普及していない。薄い布を何枚も重ねて使うのが一般的だ。

「ダメですよ。質の良い睡眠を取って、体調をいつでも万全にしないと。治療する人が体調を崩していては治療される方は不安でしょう」

「ま、まあそうだが……」

こう言われては、贅沢過ぎるなんて言えなくなってしまう。

「もちろん、治療が必要な人が寝るベッドも、快適にしなくてはいけませんからね。なるべく体に負担のかからないように。弱っている方が休むんですから、少しでも楽なものにと思ったんです」

コウヤが目指したのは、前世で散々お世話になった病院のベッド。リクライニングベッドを今回初採用したので、それに合わせて細かいスプリングと低反発マットレスもどきに、掛布団は軽く暖かいものを用意した。

「なので、病室用の布団作りは時間がかかってしまいました」

「病室？」

「あ、言いませんでしたっけ。部位欠損の薬とまではいかなくても、治癒するまで様子を見なくてはならない薬とかありますし、そういった方のためのベッドを用意したんです」

製薬している間に休める場所にもなりますしね、と続けると、呆れながらもゲンは、なるほどと頷いていた。もう、コウヤには何を言っても無駄だと吹っ切れたらしく、楽しみだと言って、レンスフィートやナチとこれから行く薬屋について話をするようになった。

《ねえ、あるじ》

そこで、膝の上にいるパックンが呼びかけてきた。因みに、ダンゴはコウヤの頭の上だ。

《そこって、びょうきのひとやすめる？》

「休めるよ。昨日布団は結局全部作っちゃったからね」

それを知っていて、ダンゴが言うところの『密告』をしたのだろう、とコウヤの口調はちょっと責め気味だ。

《なら、びょうにんだしてもいいね》

「病人？　出すって……もしかしてパックン……」

コウヤは疑わしげにパックンを見つめた。すると、悪びれることのない素直な言葉が表示される。
《きのうひろったのわすれてた(￣▽￣)》
《そういえばそうでしゅね……》
「パックン……ダンゴ……」
忘れないで欲しい。いくらパックンの中にいれば、半ば仮死状態になるとはいえ、病人をずっとそこに入れておくのは良くない。
「人は拾っちゃダメだって昔から言ってあったでしょう？」
まるで、イヌネコを拾ってくる子どもに言い聞かせるようだ。
《だって、ぎりぎりいきてるじょうたいだったから》
「それはそれで忘れないで欲しいんだけど……」
そんなギリギリの人を収納しないでもらいたい。先日の爆弾といい、パックンはギリギリを攻める趣味にでも目覚めたのだろうか、とコウヤは若干の不安を覚えた。
「パックン、薬なかったの？」
コウヤの作った薬が、万能薬も含めて色々あったはずだ。ギリギリの状態のままで収納する必要はないと思う。怪我と違って、毒や体調不良の状態ならば、それほど時間をかけずに薬が効くはずなのだから。
《なんかきかなくて(´-`)》
「え？　万能薬も？」

《とくにへんかなし(¯–¯)》

「それって……」

どういうことだろうと考え込む。コウヤは自然に、昨日の盗賊達の中の一人だろうと思っていた。あの精神状態がずっと続いているのかと思案する。

横で話を聞いていたレンスフィートが、会話の内容の確認をしてきた。

「コウヤ……その……まさか中に病人が入っていると……」

ゲンやナチの視線も、コウヤの膝の上にいるパックンへ向いていた。彼らは、まさかなという思いを込めたのだが、コウヤはあっさり肯定した。

「そうみたいです」

「……それは食べられているわけではないのか？」

ミミックに人が呑み込まれる、それ自体は珍しいことではない。敵と判断すれば呑み込むのが、ミミックの最大の攻撃の一つなのだから。

「食べようと思えばできるんでしょうけど、まずしないです。人って魔核がないので、旨味がないらしくて」

「……なるほど……」

それで納得できるものではないが、それしか言葉が出なかったようだ。

「仮死状態になるとはいっても、長い間、中にいるとやっぱり死んでしまうんですよね……なので、病人ならなおのこと、早く出さないといけません」

「そ、そうだな……」

コウヤの中では、既に『人を拾った』ではなく『人を保護した』と置き換えられていた。だからパックンが『拾い食い』を反省しないのだが、それには気付いていない。

元を辿れば、こうして収集癖が加速していき、手当たり次第になっていったのだ。全てはコウヤの甘さが原因だった。

「お店に着いたら、軽く見て回ってから病室に出そうね。薬作るのに、パックンが持ってる材料使うかもしれないよ？」

《まかせて！　いろいろあるから！》

その『色々』が不安なのも、最終的に許してしまうコウヤが悪いのかもしれない。

◆

◆

◆

時は少し戻り、コウヤがギルドから領主邸へ向かっている頃。

司祭となったキイが一人、これまで住んでいた小屋に来ていた。必要な物は全て運び終わっており、今日は最終確認だ。

小屋は、森で迷った者が使えるように残しておくと決めた。何より、この小屋の裏にある庭の大きな木の根元には、娘のように愛した者の躯(むくろ)が眠っている。魂は神々の世界へと旅立ったが、完全に土となり消えるまで、その場所を覚えておいてやりたい。

そうして、小屋を出ようとした時だった。

「なにか用かえ？」

ゆらりと、一人の男が木陰から姿を現す。歳は三十頃だろうか。表情がなく、髪の色はくすんだような薄い茶色。暗い色を宿す瞳には光もなかった。男は口を開くこともせず、ただ立ち尽くしている。

それを見たキイは目を細めた後、呆れたように肩を落とした。キイには彼の正体が分かったのだ。

「お前さん、あの薬を飲まされたか……資料は全て焼き払ったつもりだったが……よお持ちこたえたな」

その言葉で、男の瞳が揺らいだ。そして、静かに一筋の涙を流す。

「あの子が暗躍しておるのは知っとる。お前さんも一緒におったやろう？　あの子は自分と同じ境遇の者を放っておけんからな……もうええよ。よお頑張ったな。わたしらももう見て見ぬ振りはやめる。安心してお休み」

「……っ」

それが合図だったかのように、男はふっと目を閉じて倒れ込んだ。死んだわけではない。深い眠りについたのだ。そんな男を、キイはひょいっと抱え上げ、ユースールの町へと向かう。

男の半分の身長しかないキイが、そうして軽々と持ち上げてしまう上に、足取りに無理がない様子は異様だ。更には、息を乱すことなく話す余裕さえあった。

「不思議やね……今までこの地には来おへんかった……何の力が働いておったかしらんが……助か

るかもしれんな。坊なら助けてくれるかもしれんよ。あの子のこともな……」

力尽きて眠ってしまった男は、本来ならば意思もなく、感情もなくなってしまっていたはずだ。彼が服用した薬はそうして、ただ生きて命令に従うだけの人形になるもの。

それなのに、助けを求めてここへ来た。それは本来あり得ないこと。

キイは感じていた。彼らは今までこの地へ近づかなかったのではなく、近づけなかったのだ。自分達や、コウヤの母を追っていた者達も、フツリとこの地の手前で足を止めた。そういう力が働いているのだ。

「この地ならば、救われるだろうて……」

誰もが絶望を抱えながらやって来る辺境の地。けれど、必ず光を見つけ、立ち直ることのできる場所だ。だからこそ、きっと彼らも救われる。

「真の神子(みこ)がおわす地だでなあ……」

聖女から生まれた神子。その神子は人々を救い、この辺境の地を光ある地へと変えていくのだから。

特筆事項④　新たな顔ぶれを紹介しました。

薬屋の案内が一通り終わると、もう不安で仕方がないという様子で、一行は病室へとやってきた。

ゲン達が、早くパックンから病人を出してくれと急かすのだ。

コウヤはこの際、あと数時間遅くてもどうこうなるようなことはないと知っているので、のんびりしたものだ。そのマイペースさが彼らには落ち着かなかったらしい。コウヤが昨晩作った布団をベッドにセットしてから、パックンへと指示を出す。

「さあ、パックン。出してみようか」

《は～い\(^o^)/》

ベッドの上に半ば投げ出されたのは、昨晩見た盗賊達とは少し異なる黒い装束を身に着けた、二十代と思しき青年だった。コウヤは状態を調べるように静かに見つめる。そして、無意識に世界管理者権限のスキルを使っていた。

名前……ジェラフ
年齢……22（＋252）
種族……人族
レベル……95
職業……（元）神子、無魂兵
魔力属性……風2、土2、光3、闇4
スキル・称号……治癒魔法〈半減〉、気配感知（神）、隠密技能（神）、魔力技能（大）、投擲

（大）、剣技（大）、隠蔽（大）、エリスリリア神の加護、堕とされし者
状態……異常状態〈中毒〉

『無魂兵』など気になる表示がいくつかあるが、コウヤは原因となっているであろう最後の『異常状態〈中毒〉』へ意識を向けた。すると、一瞬の間にコウヤの中に情報が入ってくる。

「……これは……もしかしてアムラナを作ろうとした……？」

読み取った情報の中にあったのは、未完成の薬。それが中毒を引き起こしているものだ。人には完成し得ない霊薬。だからこそ、それを服用したことで異常状態を起こしてしまったのだろう。

しかし、奇跡的にそれは彼の命を脅かすことなく、効果として見込まれた『寿命を延ばすこと』は、今のところできている。

「何かの治療で使ったわけでもないみたいだし……なんで飲んだのかな？」

アムラナは、一滴で病を治してしまう強力な霊薬だ。本来は、この世界の四神にそれぞれ仕える巫女や神子に与えようと、コウヤとエリスリリアで作ったもの。

長い寿命を得た巫女達に、神からの意思を伝える役目を長期にわたって為してもらうためだ。ココロと巫女が数十年で代替わりをするのでは、百年単位の計画や方向性を正確に伝えることができないと考えてのことだった。

よって、強力な効果のあるアムラナを服用して、正常にその薬の恩恵を得られるのは、巫女や神子と認められる力のある者だけなのだ。

魔工神であったコウルリーヤと、愛と再生を司るエリスリリアの力も込められた、間違いなくこの世界で最高峰の薬。それを、人が作り出せるはずがない。そして、その不完全なものを、資格もない者が飲むということ。それはとても危険なことだ。中毒で済んでいるというのが奇跡なのだ。

コウヤはこうして思案している間にも、製薬室へ向かい、亜空間から出した様々な物を使って薬を作り始めていた。

「パックン、竜鱗持ってるよね」

《なにいろ？》

「白」

《あ～……これねっd(￣￣)》

ちょっと微妙な表情を表示したのは、収集癖がもう出ないくらい持っている物だからだ。真っ白で真珠のようなドラゴンの鱗。それをゴリゴリと磨り潰していると、ダンゴが報告してきた。

《だれかくるでしゅ……これは、ばばさまでしゅ》

「え？　ばばさま？　あ、キイばあさまだ。一体どうしたんだろう？」

ばばさま達の気配はとても特殊で、ダンゴでも三人のうちの誰が来たのかが分からないらしい。コウヤはさすがに育ての親とあって、なんとなく気配の違いが分かる。もちろん、見れば一発だ。

一人、誰か連れて来たらしいことも分かった。

「病人かな？」

《みてくるでしゅ》

キイがコウヤのいる製薬室ではなく、奥の病室へ向かって行ったのを感じて不思議に思う。いつもなら、薬や材料を持っていないかと、すぐにコウヤの元へ来るはずである。キイも気配は読めるのだ。コウヤがどこにいるのか分かっているはずだった。

「ばばさまがすぐに治せないってことは、怪我人じゃないはず」

ベニ達三人のばばさま達は、エリスリリアの加護を持っている。コウヤを抜きにすれば、恐らくこの世界で最高の治癒魔法の使い手と呼べるだろう。

アムラナは飲む人に資格がなければ劇薬だ。あれを飲めたばばさま達は、巫女としての力と資格を持っている。それは、治癒魔法を極める資質を持つということでもある。

だから、怪我ならば、たとえあと数分で死んでしまうようなものでも、まず助けることができるだけの力を持っているのだ。

病室にはゲンもいるので、コウヤがここを離れる必要はないだろうと製薬作業を続けていると、ダンゴが戻ってきた。

《あるじさま。もうひとつおなじクスリがいるでしゅ》

「同じ薬？　これと？　ばばさまがそう言ったの？」

《あいっ》

まさか、あのような特殊な状態の人がまだいるのかと驚く。しかし、コウヤが慌てることはなかった。

「う～ん……ばばさまが言うならそうなのかな。薬は少し余分に作れてるから問題ないよ」

一人分を作るのが材料の分量的にもったいなかったので、材料を無駄にしない数を作ったのだ。薬はパックンに保管してもらっても良いと思っていた。目の前でパックンが、珍しいこの薬が欲しくてジリジリとしているのが分かっていた、というのもある。

《のこる？》

「うん。この分だと……五つ余分かな」

《やった！　ほかんはおまかせっ(*´∀`*)》

出来上がった薬を二本持ち、残りはパックンが呑み込んでいくのを目の端で確認して病室へと向かった。そこで、キイが連れて来た男を確認する。

「……本当に同じだ……どっかで量産されたのかな？」

不完全な薬を服用してよく死なずに生きているものだと感心する。それが二人。偶然にしては数が多い。

「坊、すまんなあ」

「ううん。薬は余分に作ってたから。それにしても、この人どこにいたの？」

「森でな。こっちのはどうしたん？」

「こっちのお兄さんは、昨日の夜にパックンが盗賊の根城を物色(ぶっしょく)してる時に見つけたみたい」

「ほぉ」

あまり深刻ではない会話をしながらも、コウヤは薬を飲ませるためにベッドを操作する。

その際、あまりにも何気ない様子で上体部分を起こしたものだから、レンスフィートやゲンが驚きに口をポカンと開けて固まった。感想を口にしたのはキイだ。

「これはすごいなぁ。どれ、この魔石に魔力を送るのか？」

「そう。『丸』が起こす方で、『四角』が倒す方。ちょっとずつしか動かないし、限度設定してあるから直角まではいかないんだ」

「ほおほお」

操作できる魔石は足下の方にあるので、寝ている本人は触れない。赤い魔石が二つ並んでおり、形で分けてあるため、分かりやすいはずだ。

少し起き上がったところで、薬を少しずつ口に入れる。完全に意識がないわけではないようで、本当に少しずつ嚥下していく。キイが飲ませている方も同じようだ。

「四分の一飲めれば、あとは目を覚ましてからでも大丈夫だよ」

「ならこのくらいやね」

枕元の小さなテーブルに残りの薬を置き、ベッドを倒す。

隣同士で並ぶ二人を見つめて、コウヤはキイに尋ねた。

「ねえ、キイばあさま。『無魂兵』って何？」

それを聞いたレンスフィートやゲン、ナチも息を呑んだ。

『無魂兵』

その言葉は、コウヤが知らないもの。しかし、思わずというように息を止めたところを見ると、レンスフィート達はそれが何か知っているのだろうと予想できた。

重々しく口を開いたのは、眠る男達の向かい側にあるベッドへと腰掛けたキイだった。

「坊、こっちへ来な」

「うん。あ、レンス様達も好きなところにどうぞ」

立ちっぱなしではなんなので勧めておく。そうして、コウヤはキイの前のベッドへと腰掛けた。

『無魂兵』とはな、感情を封じられた生きる屍よ」

ため息を漏らしながら告げられたその言葉に、コウヤはチラリと眠る男達を見る。

「人が神と敵対した『神威戦争』が終結した後、ばば達が旅に出たのは話したな」

「うん。教会に言われてアムラナを探してたんだよね？」

「そうや。けどなあ、その頃から教会はばば達を信用しておらんかった。まあ、わたしらも信用しておらんかったがなあ」

かっかっかっと笑うキイに、コウヤはばばさま達らしいと思った。

「戦争以前に神から賜った神薬やからな。教会も残っとるとは思わんかったんよ」

キイが『神威戦争』と言ったのは、コウヤが邪神として討たれた戦いのことだ。一般的には『邪神戦争』とも呼ばれるが、教会の歴史書には、その後に起きたゼストラーク達による粛清も合わせて『神威戦争』とあるらしい。

その戦争以前に、アムラナは教会の巫女達に届けられた。

教会はそれを、病人や怪我人へ使うため、四つあった薬を少しずつ分けて世界中にばら撒いたのだ。

そうして、戦争の混乱の中、全ては既に誰かの手によって使われ、なくなってしまったものと教会は思っていたのだろう。アムラナ探しはあくまで、力を持ったキイ達を教会から遠ざけるための口実でしかなかったらしい。

「それでな。あれらは神薬を自分達で作ろうと考えたのよ」

かつて、アムラナを研究した資料が教会には残っていた。それを元にアムラナを作ろうとしたのだという。

「できるわけないのになあ。神薬なぞ、薬学の知識だけでなく、自分らが討った魔工神様の加護が必要不可欠。あれほどの再生力を持つ薬ならば、エリスリリア様の加護も必要だろうて。神を敵に回したツケで、加護を取り上げられておる者も多かったでな。その中で作ろうとするなど、浅はかにもほどがあるわ」

キイはよく分析をしているものだ。言った通り、コウルリーヤとエリスリリアの加護が揃わなければ、いくら材料が手に入ったところで完成させられる代物ではない。もちろん、それらが揃うだけでも無理だが。

「それでまがい物を作ったのよ。服用した者の感情を封印し、思考さえ容易くできぬようにする。光と闇の特殊な魔法でもって命令権を得れば、彼らはその命令に従うただの人形になる。薬は神薬ではなく『無魂薬』と呼んでおったわ」

「無魂薬……けど、最低限の行動は取れるみたいだよね。食事や体を洗ったりとか」

「そうやね。通常は一人では外をほっつき歩いたりせずに、命令がなければ眠っとるけど、空腹感とかはあるようやわ。排泄（はいせつ）もちゃんとしとったはずやからね」

感情が抜け落ちたように見えても、そうした最低限の感覚は残っているのだろう。特に彼らが汚れているとか、臭いがキツイとかもないようなので、それは予想できた。

ただし、彼らを人形だと思って酷使した場合は、それらがズレていくという。休息を取る時間も与えなければそうなって当然だ。それを考えると、彼らの様子から見るに、酷使したりはしない何者かの傍にいたというのが分かる。

「けど、一人でいたんだよね？」

「森には他におらんかったね。そっちはどうや？」

キイが、ベッドで飛び跳ねて遊んでいたパックンへ目を向ける。パックンは気付いて動きを止め、表示した。

《かくしべやにたおれてた》

《ほかにはいなかったでしゅ》

ダンゴが言うならば間違いないだろうと、コウヤが推測を補足する。

「置いていかれたとか？」

足手まといとでも思われて置いていかれたのだろうか。弱っている様子から、いくら人形のように命令を聞くといっても、体はいうことを聞かなかっただろうと推測する。

そこで、ダンゴがコウヤの膝の上にやってきて告げた。

《もしかしたら、このばしょにちかづいたからかもしれないでしゅ》

「この辺に何かあるの？」

ダンゴの言葉は、キイ達には聞こえない。だから、キイはコウヤの言葉から察して続ける。

「この辺境の土地は、かなり神の加護が強いんよ。神官達の力も他の土地におる者らに比べて強い。腐ったバカ共が調子に乗るのも仕方あるまいて」

「そんなに違うの？」

一口に加護を持っていると言っても、個々の力には差が出る。それは経験にもよるのだが、加護にも強さがあるのだ。

現在、エリスリリアの加護の力は軒並み低下している。完全にお金目当てで治癒魔法を使う者が多くなってきているためだ。才ある者に下手に強い加護を与えても、教会に連れて行かれたらその考えに染まったり、一方的に搾取されたりしてしまうのが目に見えている。

そのため、治癒魔法自体の力が落ちていた。この町に来た神官達の力も同じだったのだが、この土地には加護の力が満ちているらしく、加護を持った者の力が倍増されていたのだという。

「元々、この辺りは『神威戦争』で被害が大きかったんよ。神の力が残っとるから、魔獣も多いし強い。戦争後に、この地から神子がよく生まれたらしいしな。それこそ、神教国が第二の聖地として手に入れようと思った時もあったほどや」

これに、ゲンとナチがレンスフィートへと視線を送る。彼が苦笑を浮かべていることから、コウヤにはそれが真実だと分かった。

レンスフィートだけでなく、何代も前から、聖地として認定するという話を突っぱねてきたのだ。辺境の地として魔獣の被害も多く、迷宮も近い。治癒魔法の使い手が多くなるのは良いことだが、それと同時に医療費が嵩んでしまうだろう。

ただでさえ、絶望を知っている変わり者達や、人間関係に疲れた者達が流れ着く町なのだ。その中で、詐欺紛いのことを大々的にされては町が荒れる。何より、一度は本気で『神など信じない』と言ってのけるような者達が集まっている。教会への印象が悪いのだ。そこを、聖地だとされても困るだろう。

「安心せえ。ばば達がいるからには、この町に手出しはさせんよ」

「うん。なら安心だね」

神教国から新しく司教や司祭が来たところで、追い出す気満々なのだから。

「でも、そっか。無魂兵も加護を持ってるから、そこに土地の力が作用して薬の効き目が変わったってこと？」

「そうや。思考できるくらいになる者もおるだろうなあ。こやつらだけでなく、今後も見つかるかもしれん。坊、悪いがあの薬、もっと余分に用意しておいてくれや」

「分かった。う〜ん……なら、飲み薬じゃないのを考えてみようかな」

この世界の薬は、経口摂取が基本だ。消化して吸収というプロセスではなく、体にある魔力が薬を即座に吸収しやすくする。素材自体が魔力を帯びているためだ。

「あ、あのコウヤ様……」

「ん？」

コウヤが眠る男達を見つめて思案していると、ナチが緊張した様子で進み出てきた。

「この方々は、私が看(み)ておきます。まだ私にはあの薬を作ることは叶わないと思いますので……」

「いいの？　暴れ出すことはないと思うけど、一人じゃ大変だよ？」

「やらせてください。『無魂兵』となった者が元に戻るならば……それを私は見てみたい……」

思い詰めたナチの様子に、コウヤは戸惑った。しかし、理由があったのだ。それを教えてくれたのはレンスフィートだった。

「『無魂兵』という名が広まったのは、その昔、国同士の戦争で兵として徴用(ちょうよう)されたのが始まりとされている……まさか、教会から回ってきた薬だったとは……」

レンスフィートが黙っていたのは、その衝撃故だったらしい。それはゲンも同じだ。

『俺も、若い頃に友人をそれで亡くした……五十年前、隣国の内乱で使われたんだ。薬が原因だとは分かってても、最後まで解毒薬は作れんかった……」

エルフの血を引いているゲンにとっては、五十年もそれほど昔ではない。戦争が終わって、まるで抜け殻(がら)のようになって戻ってきた友。加護も特別な力も持たない者が飲むのは危険なこと。彼らは道具のように使い捨てられ、その後数年と保(も)たずに、衰弱して亡くなっていったという。

「もし、こいつらみたいなのが他にもいて、治してやれるなら、治してやりてぇ……コウヤ、薬の作り方を教えてくれ。そんで、また見つけたらここに運んでくれや。こんな立派な部屋があるんだ。しっかり面倒見てやるよ」

「私もお手伝いいたします！」

「はい。なら、お任せします」

ゲンとナチはこれがこれからの自分達の仕事なんだと、気合いを入れていた。

「おう！」

「はい！」

薬屋より一足先に、こうして治療室が稼働したのだ。

◆
◆
◆

コウヤ達と別れたレンスフィートとキイは、ベニとセイと共に教会の一室に集まっていた。

「では『神官殺し』が近づいていると……」

「間違いないわ。アレらが単独でここまで来れるとは思えんでな」

キイの報告に、レンスフィートが痛ましげにベニ達を見た。

その視線の意味を察して、セイが笑う。

「そんな顔せんでええよ。問題ないわ。カワイイ子ネコが遊びに来るようなもんだでな」

「こ、子ネコですか……」

「そうやよ?」

ベニ達はうんうんと頷くが、レンスフィートは不安で仕方がなかった。『神官殺し』と呼ばれる者の腕は一流だ。いつだったか、多くの暗殺者を向かわせた司教がいたらしいのだが、それらを皆殺しにして、笑いながら司教の元にやってきたという。

その司教がいた教会は、一晩で跡形もなく消えたらしい。『跡形もなく』とは比喩ではなく、本当に実際に消えたと聞いている。何をどうやったら消えるのか、それを聞いた時の恐怖は忘れていない。それが、新しい司教――この老婆達に向かうかもしれないのだ。レンスフィートは気が気ではなかった。

「ですが、万が一あなた方に何かあれば、コウヤが悲しむでしょう……」

ここへ来るまでに聞いた。目の前の三人の老婆はコウヤの育ての親。彼女達の重荷にならないようにと、コウヤは幼い頃から自立していたとはいえ、お互いが大切に思っていることは既に分かっているのだ。

「心配ないて。寧ろ、坊……コウヤに会わせたいなあ思うてるんよ」

「っ、コウヤは治癒魔法を使えます。それが知られれば、神官と間違えられるかもしれませんっ」

治癒魔法を使える者が、教会に所属していないなんてことは本来あり得ない。必ずと言って良いほど、使い手は教会に引き取られてしまうのだから、勘違いされるのは目に見えていた。

コウヤはあの持ち前の明るい気性で、のらりくらりと教会からの勧誘を断ち、周りの援護でそれを避けていたに過ぎない。あのあくどい前ギルドマスター達が、コウヤを教会に取られまいとしていたのが図らずも役に立っていた。

「コウヤは傷付いたものを放ってはおけん。一目見て気付く……きっとあの子の傷も癒そうとするわ」

「……神官殺しが傷付いていると……？　最強の殺し屋と言われているのですよ？」

「「問題ない」」

「……」

そう断言されても、今向かってきていると言われた神官殺しは、貴族にも幾度か手を出している。教会に多額の寄付をしていたらしいという共通点しかないため、貴族達も容易く寄付をすることがなくなった。国から各領主が預かる支援金さえ、その旨をはっきりと公言してから教会に渡すほどの警戒ぶりだ。

「お前さんが心配しているのは、神官以外にも手を出したことがあるからか」

「そうです……あなた方がコウヤと親しいというだけで、関係者と見なされてコウヤに手を出してくる可能性があるかもしれません」

レンスフィートは、どこまでもコウヤを心配している。

それはなぜか。

その理由はコウヤを気に入っているからだけではない。そんな心の内まで、ベニ達は察する。それは人生経験の差だ。何百年と生きる彼女達にとっては、レンスフィートさえ幼い子どもと変わらない。

「……お主、コウヤの生まれを知っておるな？」

「っ……」

レンスフィートは息を呑んだ。

「っ……誤魔化せませんな……おっしゃる通り……確信はありませんが……」

「そうか……」

コウヤの容姿は、それを知っている者から見れば分かる特徴を持っている。

「あのように美しい紫の瞳と髪の色は、中々出んでなあ……」

「はい……」

かつて、レンスフィートはその瞳と髪を持っていた青年を知っていた。

「コウヤは聖女の子で……キュリスの孫なのでしょう……」

今までは、もしやという思いしかなかった。けれど、ベニ達のような存在が守っているという事実が、それを確信へと変えた。

「私もまだ家督を継ぐ前の若造でした。その頃、下町で出来た親友が、同じ色の珍しい瞳を持っていたのです……治癒魔法が使えることを隠し、ただ堅実に生きているような真面目な青年でした」

キュリスという青年は、教会のやり方を嫌っていた。治療を願う者達からお金を巻き上げるなど、神が望むものではないと。

そんな真面目な青年も恋をし、結婚した。生まれた子どもはキュリスと同じ美しい色の瞳と髪を持っていた。しかし、子どもが治癒魔法を使えると知った彼の妻は、彼に相談することなく教会へ子どもを売ったのだ。

それを知ったレンスフィートは、父にも協力を仰ぎ、取り戻そうとした。だが、既に子どもは本国へと送られており、手出しできなくなっていたのだ。

やがて、青年は絶望のうちに命を落としてしまった。親友の死は、レンスフィートにとっても辛く、悲しいもので、ずっとあの瞳の色を忘れることができずにいた。そんな時にコウヤに出会ったのだ。

「あの時、教会に取り上げられた彼の娘の子どもなのだと、一目で確信しました。優しさと厳しさを持つ瞳は、あれと同じでしたから……」

「なるほどな……コウヤの母親は、ずっと親に捨てられたと思っておった……父親がそんな御仁だったと知れば喜ぶだろうよ」

ベニ達が知るのは、コウヤの母である、強い意思を持った聖女の姿。ベニ達が教育を務めたために、教会の考えに染まり切れなかった、ある意味気の毒な娘だ。

聖女と認められる高い能力がありながらも、教会を飛び出してしまった彼女は、最期に帰りたかったのかもしれない。生まれた町に。両親の想いを知ろうと願ったのだろう。ベニ達がこの地にいるという情報は噂程度のものでしかない。それだけを頼りにするのは、決め手に欠ける。

「あの子が生まれたのがこの地だったと、わたしらは知らんかった。けど、それをあの子自身は知っとったのかもしれんなあ」

そうしてベニ達は考える。それを知り得た者はいなかったかと。ベニ達は顔を見合わせて頷いた。

「あの国から逃げる者は、故郷に帰りたがるんやったな」

「アレらが教えに来る、言うとったか」

「生まれた場所で眠るべきや言うた、と聞いたで」

三人で確認し合う。昔から、神教国から逃げる者はいた。その逃亡を助けていた者達も、また。

これを聞いていたレンスフィートは察した。

『神官殺し』が教えたということでしょうか……聖女だと気付かれなかったと?」

聖女など、あの国の象徴のようなものだ。それなのに、なぜ接触しながらも彼の手にかからなかったのかと不思議に思うのは、当然のこと。

「いいや。知っとって逃したんやろう。その礼もせんといかんなあ」

『だからと言って、危険では……」

「「問題ない」」

ここまでの話で分かった。自分には見えていない何かが色々と見えているらしいベニ達にそう言われては、レンスフィートはもはや納得するしかなかった。

◆　◆　◆

明けて次の日。

昨日で全ての工事が終わり、今朝ようやく遮音幕が取り払われた。ドラム組が出来上がった建物の前に並び、棟梁が挨拶をする。

「これにて完成と～お、させてぇいただきますぅ～っ。新しくぅ、お披露目いたしますものを、新たなこの町の一員としてお認めいただけますようっ。あっ、よろしくぅ～、お願い申し上げますぅぅぅっ！」

きっちりと揃った礼に、見に来た者達は拍手を送る。そして、ドラム組が頭を上げる。

「では皆さま～ぁ、お手を拝借！　よ～おっ！」

パン!!

「ありがとう～ぉ、ございました～ぁ」

そうして、ドラム組は工具を鳴らしながら帰って行く。ここまでが彼らの仕事で、ショーなのだ。

昨日のうちに屋台部隊も撤収済み。そして、ドラム組が去った場所にコウヤ達、ギルド職員が舞台を設置していく。大きな討伐などの時に、指揮官やギルドマスターが号令をかけるためのものだ。

冒険者達もそれを見て、何があるのかと集まってきている。

彼らも、祭してはいた。自分達が望んできたことが、ようやく全て終わったのだと確信して。

舞台に上がったのは、切れ長の目が特徴の女性。中央に立てられたマイクのような拡声の魔導具へと近づき、頭を一つ下げてから口を開いた。

因みに、このマイク型にしたのはコウヤだ。以前まで使っていた拡声の魔導具は、大きなメガホンのような形だった。現在はマイク型が普及している。

『この度、当冒険者ギルド支部の人事に問題ありとのご指摘をいただき、査察を行ってまいりました。これにより、ギルドマスターをはじめとする上層部の者達数名が、職員として不適格であると判断されました』

聞いていた住民達も深く頷いて、期待を込めた瞳で女性を見つめていた。

『この町の住民の皆様にもご迷惑をおかけしていたこと、心よりお詫び申し上げます。ギルドマスター以下数名は既にギルド本部へと移送し、重い処罰が科せられることとなります』

これを聞いて、歓声が上がった。まるで悪が倒されたと言わんばかりのその喜びようは、それだけ彼らが苦しめられていた証拠だ。

『人員の入れ替えにつき、新しいギルドマスターをご紹介いたします』

そこで小さな老人が舞台へ上がってくる。

『前冒険者ギルドグランドマスターでありました、タリス・ヴィットです』

これには、冒険者達が口を開けて呆然と立ち尽くす。それを気にせず、タリスはいつもの調子で挨拶をした。

『はじめまして。これからギルドマスターを務めさせてもらうタリス・ヴィットです。現役は退いたけど、まだまだ若い子達には負けないからね。この町の子達は見所ありそうなのが多いみたいだし、期待してるよ。これからよろしくね』

すごくタリスらしい挨拶だった。

『私はサブギルドマスターとなります、エルテ・アーリンと申します。新しく異動してきました職員は少ないですが、今後補充していく予定ですので、よろしくお願いいたします』

エルテが頭を下げた一瞬後だった。

「「「「おぉぉぉぉっ!!」」」」

空気を揺らすほどの雄叫び（おたけ）びが冒険者から上がったのだ。

「すごいですねこれ……」

コウヤの隣にいたマイルズが、ただでさえ細い目を更に細めて笑っていた。

「ええ。皆さん喜んでいますね。やっぱり、マスターも有名なんでしょうか」

「当たり前ですよっ。元とはいえ、最強の冒険者ですよ!?」

フランが癖っ毛を逆だてるほど興奮しながら力説（りきせつ）していた。

「確かに、あの武器を使いこなすくらいだから強いのは分かってましたけど」

そこでセイラが前のめり気味に迫ってきた。

「えっ、コウヤさん、あの方の使う武器を見たことあるんですか!?」

「はい。ちょっと前に共闘しましたからね」

「っ、う、羨ましいっ……」

「ん？」

彼女は見た目に反して武器マニアらしく、珍しい武器に目がないようだ。珍しいといえば、タリスの持つ鎖鎌は間違いなく珍しいだろう。

だが、冒険者達が雄叫びを上げた理由は、彼が元最強の冒険者だからというだけではない。ギルドが変わるのだと実感した喜びのためだ。そこで、コウヤが呼ばれた。

『次に、新しく出来た施設の紹介をいたします』

コウヤは身軽に舞台へと上っていく。今日、パックンとダンゴは薬屋の方に行っている。今はどうやら、薬草採取のため、ナチと出かけているようだ。パックンなら護衛にもなる。

マイクの前に立つと、皆が嬉しそうにコウヤへと視線を送って口を閉ざした。

『俺の方から紹介させていただきます。ギルドの隣、ここに新しく出来ましたのが、薬屋になります。店主はゲンさんにお願いしました』

『ん？』

「「「「えぇぇぇっ!!」」」」

なんだか住民の人達も驚いていた。ところどころで『あのカタブツが!?』とか『表に出てくんの!?』とか『怖いじゃん！』とか聞こえた。これはゲンを知っている証拠だろうしまあいいかと頷き、コウヤは続ける。

『中には治療室もあります。今後、人員が必要になることもありますので、お弟子さんを募集中です。既に弟子となった方が一人補佐をしていますが、やる気のある方は是非どうぞ』

ざわざわとしていたのが、再びシンと静まり返った。どうやら、弟子を取るというのが更なる衝撃だったようだ。

ゲンは一見、人嫌いの堅物だ。だから、弟子なんて取るように見えなかったのだろう。きっと、今のゲンを知ったなら驚くはずだ。見た目が少し若返ったこともそうだが、表情も柔らかくなり、頼れるおやっさんにしか見えなくなったのだ。以前のゲンを知っている者達がどんな反応を示すのか。それが少し楽しみだった。

『隣にはギルド職員の寮がありますが、皆さんに関係があるのは、その寮の下。薬屋の隣に本日よりオープンします、「満腹一服亭」です。こちらの説明は、商業ギルドマスターのゼットさんよりお願いします』

舞台に上がってきたのは、ガタイの良い大男。コウヤは彼の上腕二頭筋に憧れている。肌は日に焼けて黒く、なぜかテカテカと光っている。ツヤツヤでパンパンな肌が眩しかった。

彼がマイクの前に立つと、冒険者達の歓声が響いた。

「うぉぉっ、ゼットの兄キィっ」

「美しいですっ、筋肉サイコー!!」

「なんで冒険者じゃねぇの!?」

絶対に頭脳より筋肉な見た目。なのに商業ギルドマスターとしてやり手。このギャップが受けており、どうしてかこのゼット、冒険者に大人気なのだ。

そのお陰か、コウヤの助けがなくとも、上層部を除けば、昔からこの町の冒険者ギルドと商業ギルドの関係は良好だった。お互いが歩み寄れれば、本来は問題にならないことなのだろう。

『ゼットだ。説明させてもらう。建物自体は冒険者ギルドの寮だが、一階部分を店にさせてもらった。元々、冒険者ギルドの食堂とする予定だったらしいが、この町に人が増えたことで、食事のできる店が不足しているということを考慮した結果だ。夜は酒場として営業する』

食事のできる店はいくつかあるが、それでも冒険者の数は増える一方だし、住民もそうだ。圧倒的に店が足りなかった。この世界では、冒険者達は基本外食だ。住民達も、このユースールでは特に、家族のいない独り身が多く、外食が多い。

食事処や宿屋というのは家族で経営することが一般的で、そのため、生活が苦しくなることも多い。よって、どうしても店は中々増えないのだ。その上で日々人が増えるこのユースールでは、そろそろ死活問題になり始めていた。

『ここにいるコウヤの考案で、メニューも他にはないものばかりだ。値段も手頃な設定にした。冒険者だけでなく、一般の人にも入りやすい店になっているので、是非一度足を運んでみて欲しい』

ゼットの話が終わると、再びコウヤがマイクの前に立つ。

『新しい施設の説明は以上になります。ですがもう一つ。この場を借りてお知らせさせてください。先日、この町の教会の司教と司祭が変わりました。新しい司教を紹介します』

教会と聞いて、人々は表情を曇らせる。しかし、舞台に上がったベニを見て驚いていた。

司教や司祭のイメージは共通だ。偉そうで、高慢な男性というもの。そうではないことに誰もが戸惑ったのだ。

『新しく司教となったベニです。多くの方がこれまでの教会に不信感を抱いていたことでしょう。今後は高額な治療費の請求はいたしません。薬屋とも連携し、皆さまの健康を守っていく所存。お気軽に礼拝だけでなく、様々な悩み事などもお聞かせくだされ』

これに、人々は呆然とした。どの町でも司教がこのようなことを言った例はない。

ベニの慈愛に満ちた表情や、嬉しそうにそれを聞くコウヤの様子は、人々に教会を信じても良いと思わせた。そして、このコウヤの一言が決め手になる。

『ベニばあさまは、俺の育ての親でもあります。新しい町の一員としてよろしくお願いしますね』

恥ずかしそうな笑顔のコウヤにそう言われたことで、誰もが微笑ましいものを見るように、心打たれていた。

何はともあれ、今日この日をもって、ユースールの冒険者ギルドは完全に生まれ変わったのだ。

◆◆◆

その馬車は、冒険者ギルド所有の護送車だ。中には、違反を犯し、国に引き渡すことになる冒険者や、不正をした職員が乗せられる。護送専門の、元冒険者である職員達がおり、昼夜問わず交代で馬車を走らせることを可能としていた。

それも、馬ではなくウイニングブルーホースという足の速い魔獣が引いているため、国一つ縦断するのに、従来の半分以下の日程で充分だった。

盗賊達も、冒険者ギルドのマークの入った護送車を襲うような者はおらず、道中はほとんど問題なく進むことができる。

この馬車がユースールを発って一週間。

国を三つ跨いで、冒険者ギルドの総本部のある鉱山迷宮都市に辿り着いていた。

「時間通りだな。お疲れさん」

「おう。予定より人数がちょい多かったけどな」

御者と護衛をしてきた護送専門の職員は、門番に挨拶をし、都市の中に入っていく。

どの国にも属さないこの都市は、冒険者ギルドが作り上げたものだ。この鉱山はその名の通り、普通の鉱山ではない。迷宮も有しているため、精霊の力によってほぼ無限に資源を回収できる。

この有用性を知った国々が過去、幾度となく所有権を巡って戦争を繰り返した。

これに精霊達が怒り、特大の集団暴走を起こした結果、周辺にあった国々は、ことごとく消滅したのだ。そんな危ない爆弾を抱えていようとも、有用性は捨て切れない。

そこで、所有権を主張したのが冒険者ギルドだった。どのみち、冒険者がいなければ迷宮は管理できない。冒険者ギルドは特定の国に所属するものではないため、どの国とも平等に取引をすることが可能だった。

商業ギルドも所有権を求めたが、冒険者が必要というのは変わらないため、諦めるしかなかった。

これにより、国に属さない、一つの組織が作り上げる都市が生まれた。冒険者ギルドとしても、どの国に総本部を置くか悩まなくて良くなったため、都合も良かったのだ。

因みに、同じ考えで、商業ギルドも総本部を置く場所に悩んでおり、この冒険者ギルドの例が出来たことで、どの国にも所属しないこの鉱山迷宮都市の近くに、商業都市を作り上げていた。当然、この都市で出た鉱石などをいち早く取引するためでもあった。

馬車は、ゆったりと速度を落とし、本部の建物へ近づいていく。専用の通路を進み、誘導する職員の指示に従って止まった。

「お疲れ様です」

「お疲れ様。トルヴァランのユースールからです」

御者は、迎え出てくれた職員に、託されていた書類を手渡す。それに目を通して、職員は頷いた。

「確認しました。すぐに連行します」

「お願いします」

馬車の中にいる者達を連れ出すため、待機していた職員を呼んだ。それを確認してから、護衛に付いていた職員が彼に尋ねる。

「なあ。今日、多くない？」

それは、並んでいる護送車の数を見ての言葉だった。

ギルドの護送車ではなく、他国の紋の入った護送車が数台並んでいたのだ。

「はい。ここ最近、『神官殺し』が頻繁に活動しているらしくて、粛清を受けた者の関係者達の処分に困って、送って来ているようなんです」

「あ～……ここに送られれば、神官殺しから逃れられるって？」

「恐らくそうですね」

どの国にも属さないということは、他の国々にも都合が良かった。

それは、国で処分に困った犯罪者を引き渡す場所が出来たということ。処刑するより、鉱山で役に立って来いと送り込まれる者達だった。

基本、ここに護送車で運ばれて来た者は、許可なくこの都市から出ることができない。一生をこの都市で終える場合もある。よって、『神官殺し』もここまでわざわざ手を出しに来たりはしない。

よって、逃げ込むための場所として利用されるようになった。とはいえ、ここでの生活は楽ではない。特に、冒険者としての暮らしを知らない者達にとっては地獄だろう。

「はあ。貴族さんらが逃げ込む先としては、ここはキツいだろうに」

「神官殺しに怯えて暮らすよりは良いと思うのでしょうね」

「これだから、現実を見てない甘々な貴族は……」

ここは冒険者の町なのだ。働かなくては食べていけない。それも自分の体を使って。時に魔獣の脅威にさらされながら生きる者達の町だ。それは、冒険者にとっては当たり前の生活。寧ろ、他より実入りも良い。生活に困ることもない良い町だった。

「さて、そんじゃ、俺らも手伝うわ」

護衛に付いていた職員達も、人数が多いからと手伝いを申し出る。

馬車の扉を開けると、中にいた者達は、長い間詰め込まれていたことで、疲労困憊の様子だった。それを引き摺り出す。

「おい。ちょっとは休ませてやるから、さっさと出ろ」

罪を犯したとは言っても、問答無用で労働に従事させはしない。まずは罪状をつまびらかにし、本人に罪を自覚させる必要がある。

確かに犯罪者が送られては来るが、最終処刑場ではないのだ。ただ預かり、働く場所を提供するだけ。よって、奴隷のような酷い扱いもしなかった。もちろん、問題なく食べていけるかどうかは、彼ら次第だ。出入りの管理はギルドカードでしっかり行うため、脱走もできない。

当然だが、ギルド職員だった彼らは、護送車に乗せられた時点で、この監獄のような都市に送られることは分かっていた。もう都市に入っているというのに、護送車から出たら終わりだというように、必死で降りることを拒否している。

「っ、な、何かの、ま、間違いだっ」

「俺は、俺は悪くないっ」

「いやだ、いやだ、なんで、なんで、俺までっ」

他国の犯罪者達の方が大人しいだろう。

「おいおい。落ち着けよ。ただ強制的に、ここで冒険者として生活することになるだけだろうが」

普段は冒険者として活動している者が、呆れながら引っ張り出すのを手伝おうとする。

冒険者として生きる者にとっては、この都市は理想的な場所だ。それこそ、冒険者のために作られた町と言っても良い。依頼に事欠くことはないし、貴族とのゴタゴタに巻き込まれることもない。働けば、働いただけ裕福になる。引退を考えた冒険者が、老後の備えのためにとやってくることもある町なのだから。

「おっ、お前らと一緒にするなっ。ぼっ、冒険者なんて野蛮な奴らとっ、同じことができるわけないだろっ」

これを聞いて、思わず冒険者や職員達が顔を見合わせた。

「……これ、ギルドの護送車だよな？　冒険者じゃなきゃ、こいつらギルドの職員だったんじゃねえの？」

「ユースールのギルマスやってたらしいけど」

「は？　こんなんがギルマス？　そりゃあ……捕まるわ」

なんか納得した、と頷き合う。

そうして騒いでいるところに、その人は優雅な足取りで現れた。

「おやおや。往生際（おうじょうぎわ）が悪いようだねえ」

「っ、統括。騒がしくして申し訳ありません」

騒ぐ男達を引き摺り出そうとしていた職員達が、揃って頭を下げた。

「ああ。構わないですよ。手を離して、あなた達は少し離れていてくださいね」

統括と呼ばれた青年は、エルフの血を引いているため、この場の誰よりも年上だ。彼は、タリスの弟子であり、エルテを姉のように慕（した）っていた。そんな彼は、風の魔法で一気に、馬車の中にいた者達を吹き飛ばすようにして外に出す。

「ひぃっっっ」

「ぐえっ」

「うぐっ」

中にいたのは十人の男性。大きめの馬車とはいえ、狭かっただろう。下敷きになった者もおり、思わず悲鳴が漏れ出ていた。

「汚いうめき声なんて聞かせないでくださいよ。まったく、バカなことをしましたねぇ」

「っ、うっ、くっ……」

青年が見下ろしたのは、ギルドマスターだった男だ。

「あなた方にはそれぞれ、横領したお金の分、借金として取り立てさせてもらいます。結構な量だそうですねぇ。生きている間に返し切れるでしょうか……」

「なっ、こ、ここはっ、お、俺達は奴隷じゃ……っ」

「ええ。奴隷ではありません。冒険者です。きちんと働いた分の報酬は出ます。ただ、そこから借金が消えるまで、半分ほど天引き（てんび）されるだけです。別に構いませんよね？　あなた方もしていたのでしょう？　他人の……それも、成人前の子どものお給金を抜き取っていたと聞きましたよ？」

「っ……そ、それはっ」

周りでこれを聞いていた職員達も、座り込んだ彼らに冷たい目を向ける。

「ろくに働かずに、給金だけもらっていたとも聞いています。冒険者ギルド職員にそんな自堕落（じだらく）な者がいたとは、大変嘆（なげ）かわしい」

いよいよ、それだけで殺せるのではないかという程の視線になってきた。殺気も混じっているらしく、元ギルドマスター達は、カタカタと歯の根が合わなくなる。

「ああ、その余分だった分も、借金として計算させていただきますよ。文句ありますか？」

「っ、い、いいえ……っ」

「よろしい。では、さっそく明日より迷宮へ行くように。奴隷ではないですからね。そこまで鬼畜ではありません。第二宿舎に案内してやってください」

「はい！」

お金がなく、宿が取れない者のためにギルドが用意している宿舎。大部屋しかなく、雑魚寝するだけの建物。調理場はあるが、各自で食材も持ち込んで使う共用のものだ。

項垂れ、連れられていく彼らを見送りながら彼は溜め息をつく。

「さて、師匠にあれらが着いたことを報告しなくてはなりませんね……はあ……あんな者達が一生涯ここにいると思うと、憂鬱です……」

犯罪者にとっては絶対の監獄。それを内包するこの町は、酷く歪だ。外からやってくる賑やかな冒険者と、陰気くさく働く犯罪者達の町。そこを管理することも、統括である彼の仕事だった。

「私も早いところ次代を見つけて、引退を考えようかな」

師であるタリスが向かったユースールの町。報告によると、とても面白い場所だという。是非とも遊びに行きたいものだなと考えながら、彼はまた優雅な足取りで本部へと入っていった。

特筆事項⑤　患者が続々と運び込まれていました。

その日の夕方。

コウヤは、薬屋に預けていたパックンとダンゴを迎えに来ていた。そして、大半が埋まったベッドを横目に、通路の真ん中でパックンに言い聞かせていた。

「俺はいいと思うんだよ？　これも人助けだよね。行き倒れてる人を助けたってことだよね。でもね？　何度も言うけど、人は拾って来ちゃダメだよ。見つけたらまず領兵を呼んで。中に入れるところを他の人が見たらびっくりするでしょう？　敵認定されたらどうするの？」

怪我人を拾って来るのは悪いことではない。コウヤが診れば大抵は助かるだろう。けれど、パックンがそうして人を呑み込むところを見たら、きっと誰もが警戒するだろう。

その衝撃の光景に、従魔の証など目に入らなくなるはずだ。そして、倒すべき魔物として認識される。戦いを挑まれたなら、パックンも受けなくてはならない。逃げることなど容易くはできないだろうから。

「パックンのことを心配してるんだよ。いい子だって知ってても、事情を知らなければ怖がられることだってあるんだ。だから十分、気を付けてね」

《わかった……ごめんなさい》

ついて行ったナチが不安そうにこちらを見ているので、そんなに怒ってるわけじゃないからと伝えるように、笑みを見せておく。

「分かってくれればいいんだよ」

《みられないようにきをつける(*´ー`*)》

「うん。そうして」

「……」

『そういう話でしたか？』とか『それって人を拾っても良いってことでは？』とか言いたいところをナチは堪えていた。しかし、それにコウヤ達が気付くことはない。パックンも納得してくれたので、この話はここまでだ。

コウヤは改めて治療室を見回す。

「それにしても、同じ状態の人がこんなにいるなんて……」

今日、パックンはナチと共に、薬草採取のために町の外へ出かけた。

そこで行き倒れている五人の男女を見つけてきたらしい。迷わず『ぱっくん』したパックンにビクビクしながらも、ナチは連れ帰ってきた無魂兵達を看病していたというわけだ。ひっきりなしに訪れる客の対応と並行しながら、ナチはゲンと共によく頑張った。

「ナチさん。もう休んだ方がいいよ」

「でも……」

未だ一人も目を覚まさないため心配なのだろう。けれど、ナチ一人で看るには人数が多過ぎる。

「この後は俺が看てるので。あ～、でもそうだな。こうなったら、教会から神官を借りてくるよ」

「神官様を……」

「おいおい。神官が病人を看れるのか？　治癒魔法かけて『はい、終わりました。金寄越せ』って奴らだぞ？」

新たに調合した薬を持って部屋に入ってきたゲンが口を挟んだ。

「さすがに『金寄越せ』はないと思うんですけど……」

ゲンの言った神官像は、世間一般のイメージとして間違っていないのが現実だ。そして、薬屋と教会は言うなれば商売敵。普通は協力するなんてあり得ない。

「ばばさま達なら、その考えを変えていくと思うんです。実際、ばばさま達は治癒魔法と薬学の両方を上手く使い分けてました」

「へえ……確かにあの人らならありそうだな」

貸してくれと言えば、蹴り飛ばしてでも神官達を送り出しそうだ。

そこへ、まるで聞いていたかのようなタイミングでベニがやってきた。

「呼んだかねえ」

「うおっ⁉」

「あ、ベニばあさま。もしかして、予想してました？」

「もちろんだわよ。ほらお前達。ここでしばらく薬学について学ぶんよ」

「「「っ、はい」」」

ベニが連れて来たのは三人の青年達だ。神官服は着ていないが、そういうことなのだろう。

「最近の子は薬学を軽視しておってていかんわ。この子ら全く知らんけどコウヤ、ゲンちゃん、好きなだけこき使ってくだされ」

「いいの？　部屋もあるからこっちは大丈夫だけど」

「手伝ってくれるってんなら構わんです……」

ゲンちゃん呼びは認めているらしい。

「「「よろしくお願いします」」」

そして、神官達はきちんと躾け済みだったようだ。

ゲンが早速、彼らを連れて製薬室の方へ向かって行った。薬屋を開店した今日、びっくりするほどの客が押し寄せた。そのため、作ってあった薬が軒並み品薄だ。

スパルタ気味に指導しながら、彼らの手も借りる気なのだろう。年長者はやると決めたら遠慮しない。

『ありがとう、ベニばあさま。けど、教会の人って、薬学の勉強しないの？』

それこそ『無魂薬』を作り出したりしているのだから、そういう知識も教わるのではないかと思ったのだ。

『最近はやらんようやねえ。教会で薬学やっとるのは、変人とおかしな野心を持っとるバカ共だでなあ。お陰で、まともな薬の一つも作れんのよ」

「それは困るね」

怪しげな薬を開発することばかり頭にある者達らしい。そのため、彼らに一般的な薬を作ってくれとは言えない。何が入っているか信用できないのだ。

「この子らもそういう奴らの被害者でなあ。躊躇なく人で新薬を試すバカ共よ。一度は潰したんだけどねえ」

さすがはベニ達だ。気に入らない奴らは潰す。物騒だが、これがベニ達のやり方だ。口で言って分からないなら実力行使も厭わない。

　これを別にコウヤは否定していない。寧ろ推奨している方だ。話を聞かせるには、まずこちらに注目させる必要がある。そのための実力行使はやむを得ないと思っているのだ。

　それも、完膚なきまでに。逆らってはいけないと教え込むほど。この世界では、誰もが魔法という武力を常にぶら下げている状態だ。それを封じなければ、話はできない。

「その薬の研究を復活させたってこと？」

「わたしらもあの国から離れてもう随分になる。所用で顔をちらっと出してはおったけどなあ。もう深く関わらんかったしねえ」

　その『ちらっと』というのは、コウヤの母の教育時のことだ。聖女や神子を育てるのは大変なことらしい。特に、力を持っている者には、その力の使い方を教える必要がある。

　だが、それを正しく教えられる実力者が、神教国には少なくなっている。いくらベニ達を嫌っていても、厄介者と思っていても、どうしてもその時は頼らなくてはならなかったらしい。

「コウヤ。頼みがある」

「なあに？」

　ベニは神妙な表情で続けた。この町にベニ達が来てから、彼女達はあまり『坊』と付けなくなった。それは、一人前の頼れる一人の人として、ベニ達が認めてくれるようになったからなのだろう。

　その期待には応えなくてはならない。

「助けてやって欲しい」

「ばあさま……」

くしゃりとしかめられたベニの顔は苦しそうだ。そんな顔を、コウヤは初めて見た。

「この子らは教会の闇の部分を知っとる。信じたものに裏切られるんは嫌なものやわ……今の教会は間違っとる。身内さえ食いものにする。けどなあ、憎み続けるんは苦しいんよ。だから、信じてもええと思わせてやって欲しい」

こうして薬を飲んでも生きているということは、本来ならば修練を積んで神子や聖女になれる素質のある者達だったのだろう、とベニは言った。

きっと、誰かを助けたい、助けられるという思いを抱きながら努力していたはずだ。しかし、教会はある程度の力の伸び代を見て、規定した見込み以下の者達の中から、薬の実験体を選別していたという。

エリスリリアの加護の力が全体的に弱くなったことで、特別力の強い者が生まれるということもなくなってしまった。だからこそ、教会も焦っていたのだろう。

アムラナが完成すれば、長い寿命が手に入り、その分研鑽を長く積むことができる。そうして、実験的にでも経験を積んで、治癒魔法の力を高めていくしかないと考えたようだ。

しかし、薬自体が既に別物だ。成功するはずはなく、同じような効果があり寿命が延びたとしても、治癒魔法が想定よりも使えなくなり、感情のない人形になってしまったのだ。

「教会はこの子らの存在を必死で隠しとる。おらんものとして扱われるのはなあ……完全に戻らんでも仕方ないが、これでは生きとっても死んどると同じやろう？　せめて、この子らが自分で考えることができるようにしたって欲しいんよ……誰かの意思でなく、自分らの意思で生きるか死ぬかを選択できるようになあ」

教会は失敗作として彼らを隠そうとした。彼らは地下牢に閉じ込められ、薬の実験を何度も繰り返されてきたのだという。それこそ、人形のように。

「教会に閉じ込められてたんなら、どうして出てこられたの？」

「この子らを助け出した子がおる。恐らく、近くに来とるやろうなあ。この子らの怒りと悲しみを一身に背負った哀れな子やわ」

「……見つけた方がいい？」

これに、ベニは首を振った。

「探さんでも、そのうち自分から出てくるわ。喧嘩っ早い子やけどなあ。誰よりも教会を憎んどるで、なるべく神官の子ぉらを外に出したいんよ」

「それって、神官が狙われるってこと？」

「そやねえ」

ベニ達は、町の人達と仲良くなるようにと言って、神官の服を脱がせ、修業という名目でこうして色々な店に振り分けたようだ。

「今教会におるんは、ばば達とコウヤが連れて来たお仕置き中の二人だけやわ」

ベニ達に任せた、罪を精査中の冒険者の男女二人は、ようやく色々と情報を口にし出したらしい。告解中ということだ。

「けど、それだとばばさま達が危ないんじゃ……」

「心配いらんよ。喧嘩っ早いが、考えなしではない。何より情報収集が上手い子やでなあ。今頃大混乱しとるわ。他の町とはわたしらの印象が違うでなあ。罪もないばば達を無為に殺すような子ではないわ」

ベニがこれだけ自信満々に言うということは、問題ないのだろう。そこは信用している。コウヤが心配するからと、黙って危険な場所に行くような人ではない。その場合はちゃんと正直に言って出かけるのがベニ達だ。

「分かった。なら、俺はこの人達を全力で治すよ」

「すまんなあ」

コウヤが笑みを浮かべると、ベニは破顔した。

そこに、パックンとダンゴが近づいてくる。

《まだこういうひといる？》

「そうやねえ、あと数人いるかもしれんわ」

《さがしてこようか？》

「ええの？」

《まかせてー(*^^*)》

収集癖が出ているのだろうか。まるで宝探しをするようなノリだ。

「パックン、ちゃんとさっきの約束覚えてる？」

《もちろん♪》
《だんごとならいいでしょ？(￣∇￣)》
「う～ん。ダンゴ、大丈夫そう？」
何をするのかは分かる。ダンゴがくっ付いて『隠密擬態（おんみつぎたい）』スキルを使えば、少しの間パックンごと姿を消すことができる。迷宮管理のスキルを応用して探索も広く可能だ。
《もんだいないでしゅ！》
ならば任せよう。薬の更なる改良の研究もしなくてはならない。せめて運ばれてきた人達を早く治せるように、コウヤは努力しようと決めた。
「頼んだよ。パックン、ダンゴ」
《はい！(￣^￣)ゞ》
《おまかせ！　でしゅ》

タリスをマスターとした新生冒険者ギルドとなった日の、翌日の早朝。

自宅からはギルドより手前になる薬屋を、コウヤは最初に覗いた。

「おはようございま～す！」

元気に挨拶すると、開店前の商品整理と補充をしているナチが嬉しそうに顔を上げた。

「おはようございます、コウヤ様」

「おはよう、ナチさん。調合の方は間に合ってる？」

「はい。コウヤ様からいただいた分もありますし、師匠の調合速度が速いので問題なさそうです」

この薬屋には、コウヤの調合した薬も置かれている。突然の開店に対応できたのは、コウヤがストックしていた薬を放出したからだ。

もちろん、ゲンの作った薬も半分ほどあった。ゲンはゼストラークとコウヤから加護をもらっている。そのため調合速度も上がり、補充も問題ないようだ。この土地の力でその加護力も増している。

「あまり無理しないようにって言っておいてね」

「残念ながら、聞くとは思えません。若返ったようにやる気に満ちていますので」

オープンした昨日。最初は、コウヤが勧めるのだからと恐る恐る訪れた冒険者達。ギルドでも薬は売っているが、値段を考えると薬屋で買った方が格段に安い。ギルドの薬は本来、非常用だ。薬屋がやっていない時間帯にどうしても必要となった時にだけ買うというのが普通だった。

だから、コウヤは受付業務をしながらゲンの薬屋を勧めたのだ。

「昨日、来店された冒険者の方々が驚いていました。最初、師匠のことを、師匠の息子だと勘違いして話しかけていたほどです」

ゲンを知っている冒険者は意外と多かった。傷を負った強面の『頑固ジジィ』というのが彼らの中のゲンという人物だ。

しかし、店で薬を売っていたのは、不敵な笑みで迎え入れ、尋ねた薬の薬効などに分かりやすく答えてくれる――そんな、いっそ『おやっさん』と呼びたくなるような、頼りになるクールなおじさん。

傷がなくなった上に、活性化されたことで肌はツヤツヤしており、二十年ほど若返ったように見えるのだ。息子と勘違いされても仕方がない。

「それ、ゲンさん結局名乗ったの？」

「はい。一時的に腰を抜かしたり、気絶したりした冒険者の方々が、あちらの通路の端に並ぶ事態になりましたが、概ね納得して帰っていかれました」

ゲンが他の客の邪魔だと言って並べたらしい。回復したら出てけと言って放置したという。

それにしても、ナチはしっかりはっきりと話すようになった。コウヤを邪神ではなく魔工神として、人々に再認識させるという目的を持ったからだろうか。それとも、巫女としての自覚故だろうか。

最初に出会った頃のおどおどした様子が一切なくなったことに、コウヤは嬉しさを感じていた。

これが本来のナチなのだろう。

「コウヤ様。ご相談があるのですが……」

「なに？」

ナチはコウヤを治療室へ案内する。

「あ……あれ？　満床じゃん……」

治療室の十あるベッドが全て埋まっていた。

「そうなのです……」

そこでパックンとダンゴがコウヤを待っていた。

《がんばったよ～(*^ ^*)》

《にんむかんりょう！　でしゅっ》

二匹は、昨日の昼過ぎからユースールの町の周辺を回り、倒れている『無魂兵』を回収していた。フラフラと彷徨(さまよ)っている状態の者も、そのまま捕獲したようだ。

「パックン、ダンゴお疲れ様っ。もしかして、これ一晩で？」

《そうだよ～！　でもまだいる》

「ん？　まだ？」

そこでナチが改めて申し訳なさそうに告げる。

「まだあと四人ほど、パックンさんの中にいるようなのです……」

「あ、そういうこと……」

ベッドが満床。寝かせる場所がないからどうしようかと考えていたらしい。最悪、回復する者と交代で、とも考えていたようだが、一度コウヤに相談してみようと思ったのだ。

《あるじさま、よぶんにもってましゅよね？》

「あるよ？　四つでいい？　ちょっとずつベッドを寄せて、あと六つ入れとこうか」

「え？　あ、六つもですか？　お願いします……」

「オッケー」

ナチはコウヤが亜空間収納を持っているのは分かっている。以前、巨大な魔獣を収納していた

のだ。

ただ、ベッドを余分に持ち歩いているとしても、さすがにあと二つほどが限界だろうと思っていた。それと合わせ、いくつかのベッドを並べてくっつけて、四人を寝かせようかと考えていたのだ。だが、コウヤはベッドを素早く動かしてスペースを作ると、あっさり六つのベッドを出した。驚くナチなど気にしていない。

「ここのベッドと同じ様式の最新型は、この六つしかないんだ。もっと作っておくね」

「あ、いえ……充分です……」

コウヤはリクライニング式のベッドを、いくつか試作品として作っていた。今回、薬屋が完成したことを受けて、その試作品も改良して完成させておいたというわけだ。

「それじゃ、パックン、お願い」

《は〜い(´▽`)》

この後、ベッドの上に放り出された四人を治療し終え、コウヤはギルドへ出勤した。


昼休憩が終わる頃、コウヤはタリスに呼び出された。

因みに、パックンとダンゴはお仕事が気に入ったらしく、二人で仲良く鑑定業務中だ。

「あ、コウヤちゃん。座って座って」

ギルドマスターの執務室。前ギルドマスターが使っていた時と比べて格段に明るく、清潔感に溢れた部屋になっていることに、コウヤは改めて驚く。勧められたソファもとっても座り心地が良い。

そこに身を沈めて前を向くと、一枚の紙を、サブギルドマスターであるエルテに差し出された。数字がいくつか並んでおり、コウヤがギルド職員になった頃からの年号が書かれている。

「これは？」

首を傾げて尋ねると、エルテがニコリと微笑んで告げた。

「コウヤさんにお支払いするべきだった給金の金額をまとめたリストになります」

「俺に？　でも、ちょっと多過ぎませんか？」

微妙に違う気がする。それを指摘すれば、タリスが苦笑してみせた。

「それが本来の金額なんだけど、あの前の子達がくすねてたみたいでね。その分を計算したから、足りなかった分を受け取ってよ」

「へ？」

こちらが不足分の金額になりますと言って手渡された紙を見下ろす。結構な金額だった。

「入金するから、カード預けてくれる？」

言われるままにギルドカードを差し出す。それを受け取って、エルテは部屋を出て行った。入金に行くのだ。

「いやあ、ホント、あの子らロクなことしてなかったねえ。もうビックリだよ」

「俺もビックリです……充分もらってたと思うんですけどね」

「そりゃあ、ギルド職員の給金は他の業種に比べて良いからね。どうも、コウヤちゃんのことを子どもだからって、お手伝い扱いにしてたみたいでね。扱いが『仮職員』になってたんだ」

「仮ですか」

そこでふと思い出す。確かに少し前までステータスの職業に『ギルド職員（仮）』の表示があった。あれはそういう意味だったらしい。世界の情報は正確だった。

「そう。コウヤちゃんの働きぶりを見て仮なんて、調べたら一発で悪いことしてるってバレるよ。おバカだよねぇ」

実際、早い段階でこれは発覚し、不正ありとすぐに彼らを捕まえることができたという。コウヤの有能ぶりが証拠の一つとなったのだ。

「あの子達ね。さっき本部に着いたみたい」

「マスター達ですか？」

「そう。昼前に連絡があったよ。あの子達には、使い込んでたお金分と、サボってた分を借金として計算して、これからの報酬から半分ずつ天引きしていくことになったんだ」

「はあ……」

彼らに家族がなくて良かった。冒険者ギルドは、特に罰についてはキツいと知られている。家族に累が及ぶことは少ないが、まず本部に送られたら帰って来られない。

家族が一緒に本部のある鉱山迷宮都市へ行ったとしても、一家でやっていくには厳しい場所だ。冒険者の町であるため、妻も専業主婦ではいられない。幼い子どもでもいれば、もっと厳しくなるだろう。家族で定住するには不向きな町なのだ。別れるほか道はない。

「計算したらねぇ、凄い金額だったよ」

「そうですよね……」

　謎の経費は、一年やそこらで返せるような金額ではなかったはずだと、コウヤは思い出す。毎日のようにギルドマスター達の目を盗んで、帳簿とにらめっこしていたことが、今ではもう懐かしい。

「コウヤちゃんが裏帳簿とか見つけてくれてて助かったよ」

「あの方達、特に隠してませんでしたけどね。把握はしてました」

「うん。さすがコウヤちゃんっ。あの子達は多分、一生あそこから出て来られないよ。安心して」

　復讐など考えられないほど、あそこでの暮らしは冒険者でなければ苦しい。そして、出られたとしても、身分証となるカードには罰則記録が付くため、どの町に行っても警戒されることになる。向けられる目は厳しくなり、結局戻って一人で暮らしていくらしい。

「あそこのこと知ってて、よくやったものだよ」

　タリスは呆れるしかないと、頭を横に振った。

　何はともあれ、彼らには重い罰が科せられることになるようだ。

　そこへ、エルテが戻ってきた。

「おまたせしました。コウちゃっ、コウヤくん。あまり無駄遣いしちゃダメよ？」

　どこか呼び方がおかしかったが、まあいいかと、コウヤは金額を確認することなくカードをしまった。

「はい！　大事に使います！」

　親切な忠告に笑顔でお礼を言うと、エルテはヨロヨロと壁の端まで下がってブツブツ呟く。

「っ、なんて良い子……っ」

「ん？」

涙ぐんでいらっしゃる。不思議に思って見つめていたのだが、そこでタリスが声をかけてきた。

「あんまりアレは気にしないでよ。それより、これから一緒に散歩しない？」

「お散歩ですか？」

「うん。受付も足りてるみたいだし、いいよねエルテ」

タリスが振り向いてエルテに確認する。

「もちろんです！　寧ろ、コウヤくんにはもっとゆとりを持って働いて欲しいのです！　こんな小さな子が朝から晩までお仕事なんてっ……老人の散歩に付き合うくらいの余裕は必要ですっ」

「……老人って、相変わらず失礼な子だね……」

「えっと……俺、お仕事好きなんで気にしてないんですけど？」

エルテにとっては、コウヤは庇護して当然の子どものようだ。

働き過ぎなのは実績を見ても明らか。今回、今までの正当な報酬を渡したとはいえ、最悪なギルドマスターの元で全てを上手く回していたのだ。ギルドに誰よりも貢献していたのは確かである。その報酬には、今回の金額では到底足りないというのが、エルテやタリスの認識だった。

「とりあえず、行こうか」

「はい」

いかにも仕事に厳しそうなエルテが勧めているのだから、抜けても問題ないのだろう。

パックンとダンゴにも声をかけたのだが、仕事のやる気に満ちているらしく、行ってらっしゃいと言われてしまった。職員達も同様だ。

そうして、ギルドを出たコウヤとタリス。コウヤを見れば、町の人達は手を振ったり笑顔を向けたりしてくる。その隣にいるのが、新しくギルドマスターになった人で、更には少し前から町を見て回っていた人だと知って、何かを納得したように頷いていた。どうやら、これがタリスとエルテの狙いだったようだ。

「やっぱりコウヤちゃんといると良いねえ」

「新しいギルドマスターのお披露目みたいなものでしょうか？」

「そういうこと。この町でのコウヤちゃんへの信頼ってすごいよね。昨日、一人でお散歩してた時は、まだ結構警戒されてたんだ。それがどうよ。これでコウヤちゃんのお祖父ちゃんの座はもらったね！」

先ほど、エルテに老人扱いされて怒っていたというのに『コウヤのお祖父ちゃん』と呼ばれるのは良いらしい。

「教会に行こうか」

「あ、いいんですか？」

「うん。コウヤちゃん効果が一番分かりやすそうだもの」

「俺の効果？」

よく分からなかったが、適当に町を回りながら教会に向かうことに決めた。

その道中、領兵が二人、路地を見つめて思案顔で立っているのを見かけた。

「隊長さんに副隊長さん、揃ってどうしたんですか？」

一人は、領兵部隊の一つをまとめる隊長。それに付き添っているのは、寡黙な副隊長だ。会釈するだけの副隊長とは違い、隊長は気さくにコウヤへ事情を話した。

「コウヤか。いや……どうも、子どもが一人でいるのを見たという報告が、午前中にいくつかあってなあ」

この町には、人が隠れられる路地というのが少ない。建物の間で日が差さないような細い路地はなく、大抵が、大人四、五人並んで通っても余裕のある広さを取っている。

家と家の間も、人が一人問題なく通り抜けられるようになっていた。これは、家の修理がやりやすいようにという考えもあって作られた路地だ。

隊長が何をそんなに重く受け止めているのか分からず、タリスがコウヤへ尋ねる。

「この町、スラム街とかないし、そういう子の一人や二人、こういう所にいるものじゃないの？」

「兵の人達が重点的に見回って、そういう子を保護してるんですよ」

「へえ……でもそっか。そういう子達、この町で見てないかも……」

食うに困った者や、この町に来たばかりで右も左も分からず途方に暮れる者が、路地にはまり込むが、そういう場合は見回っている兵が声をかけ、兵舎へ連れて行く。

「町の構造だけでもかなり犯罪抑止になるんですよ。もちろん、細かい所まで目を光らせている兵の方々の努力もありますけど」

何よりも、潜める場所がなければ、犯罪者達も住みにくい。それを狙って、町の構造は変更されていた。

「あ、だから君達って索敵スキル高いの？　辺境だからってだけで、それだけスキルが高くなるのはおかしいと思ってたんだけど。日頃からそういうのしっかり使ってるからなんだね」

タリスはここ数日、町の外にも出るなど、周りの環境を確認していた。これからマスターとなり、この町で冒険者達をまとめていくのだ。冒険者達が日頃どういった場所で生活をするのか、確認するべきだと思っていた。その折り、冒険者が領兵達となぜか仲が良いということも知った。領兵と手を組めれば、この辺境の地で人々を守るのも容易いものとなるだろう。

そもそも、タリスは昔から、なぜ冒険者と領兵が協力できないのか不思議でならなかった。仕事の住み分けがしっかりとできているのならば、力を合わせてできることは多い。それぞれの苦手とするところを補い合えるのだから。

このユースールでその関係性が友好的だと知ったタリスは、積極的に領兵達とも話をすることにした。世間話の一環のように。

そうすると、他の領ではあり得ないほど人が好く、気持ちの良い話し相手となったのだ。そんな中で、索敵スキルが高く、他の領の兵達に比べて格段に一人一人が強いと知ることになった。

「ははっ、まあそうですなあ。強いと評判のギルドマスター殿に認められるとは、嬉しいことです。とはいえ、私共も数年前まではそれほどでもなかったのですよ。強くなったのも、索敵スキルが高くなったのも、ここにいるコウヤのお陰です」

「はい。中でも『コウヤと鬼ごっこ』は人気の訓練でしてなあ」

「えっ、鬼ごっこ？」

これを聞いたタリスは『何してんの!?』という表情でコウヤを見る。隊長は楽しそうに笑っていた。

「ええ。昔、領主様や領兵長から、巡回中にコウヤを見つけるようにと言われておりましてなあ。コウヤは一所にじっとしていないもので、苦労しました。あっちにいたと思ったら、こっちにいたりと、本当に見つけるのが難しくて」

これにより、彼らの索敵スキルは徐々に上がっていった。因みに、見つけるように指示を出したレンスフィート達は、お茶に誘いたかっただけだ。何気に権力を使っている。

「お陰で、こういった路地に潜んでいた者達も見つけやすくなりましてね。結果的にスラム街もなくなりました」

スリ達なども、索敵スキルの高くなった兵達を振り切ることができず、次々と捕まり、スラム街となっていた場所から人が少なくなったところで、建物も作り直していった。捕まった者達は、町を作り直すための労働力となり、自分達の居場所を彼らの手で作り出したのだ。

その間にも捕まる者達もいるが、彼らも全てそちらに回した。そうして出来上がった場所に住むことができ、やる気も出た。仕事なんていくらでもあるのだと知り、盗んで生きていくしかないと思い込んでいた者達も、積極的に仕事を見つけるようになったのだ。

「元々、ここは何も持たずに流れてきた者が大半なので、スラムにいた住民達を雇うことに寛容な者達が多いのも良かったんでしょうなあ」

一方で、子ども達はそうもいかない。そこで、兵舎のそばに仮に孤児院を造り、そこで保護することになった。ただ時折、流れてくる者の中に子ども連れの者達がいる。そういった者達が、子どもだけをこの町に置いていくことが未だにあるのだそうだ。

「なるほどねえ。けど、その報告にあった子どもって何人いるの？」

「それが、一人のようです。容姿が一致していまして。ですが捕まらないのがどうも気になるのですよ。不意に気配が消えるというのです」

たしかに変だ。兵達はまず声をかけるだろう。そして、それとなくあとを追うのだ。索敵スキルを使って、視界に入らないくらい離れて追う。寝ぐらにしている場所を突き止めるためだ。しかし、ふっとその気配が消えてしまったというのだ。

コウヤは、思案しながら可能性を口にする。

「隠密スキル持ってるとかかな」

「いや、だが、まだ十歳にも満たないようだったと聞いている」

仮にその子どもが高い隠密スキルを有しているとしても、領兵側の索敵スキルがそれ以上であれば、近づくと確実に看破することができる。反対に言えば、距離があれば看破できないのだ。

しかし、このユースールでは、兵達の持つ索敵スキルの多くが、【極】にほど近い【大】である。そうなると、その子どもが隠密スキルの【極】を持っている可能性が高い。

現代の人族の中では、【大】の上まで熟練度が上げられることは知られていない。それは、【極】まで熟練度を高められる者が、この数百年現れなかった証拠だ。

【大】であっても、そこまで高いスキルを持つには、十歳以下ではあり得ない。だからこそ、妙だと思って隊長が出てきたのだ。

「なら、人族じゃない可能性があるんじゃない？　ほら、ドワーフとか成長遅い子も多いし、実際は成人してたりする場合もあるよ？」

なるほどとタリスを皆で見つめる。見た目と実年齢はイコールではない良い例だ。

「そんなに見られると恥ずかしいんだけど……」

モジモジされた。

ここで、コウヤを例として考えないのは、彼らにとってコウヤは守るべき子どもであるからだ。その人柄や見た目からか、兵の訓練相手もできるというのに、どうしても強いという印象が持てないのだろう。

「失礼しました。なるほど。そういう場合もありますな。では、少し警戒していくことにします。コウヤも見つけたら教えてくれるか？　本当に子どもなら、大人よりもコウヤの方が怯えさせなくて済む」

「分かりました」

また訓練を頼むと言われながら、隊長達と別れた。

「子ども一人でもあれだけ領兵が気にするなんてすごいよね。他じゃあり得ないよ？」

「そうなんですか？　けど、確かに他の冒険者の方からも聞いたことがあります。この町の兵の方達は人が好いって」

話しやすい雰囲気というのが常にあるのだ。困ったことがあったら、相談していいという雰囲気が。

「上の方がいいんでしょうね。平時はあまりピリピリしてませんし、住民の方達や冒険者にもよく話しかけています。『領主の町』を守ってるんじゃなくて『町の住民』を守ってるって感じがするんですよ」

「言われてみるとそうかもねえ。立場とかじゃなくて、純粋に町の平和を願ってる感じがするよ。だから、冒険者とも付き合えるのかも」

同じ目線に立つことができる人達なのだと思うのだ。そうして、改めてこの町の領兵達のありがたみを感じていた時だった。

コウヤは不意に呼ばれているような気がして立ち止まる。

「どうしたのコウヤちゃん」

「なんだか……ちょっとあの公園に寄っても良いですか？」

「いいよ～」

町の中央近くにある公園。そこに引き寄せられるようにコウヤは歩いていく。

タリスはそんなコウヤに何か感じたらしく、距離を取っていた。そして、コウヤは迷わずある茂(しげ)みに入っていく。

「どうしたの？」

「っ⁉」

弾かれたように顔を上げたのは、屈みこんでいた幼い少年。くすんだ金の髪に、赤茶色の濁った瞳が目に入った。

「え……」

少年はコウヤを見て目を見開き、動きを止めた。

その時感じたのは、鑑定のような力。ステータスを覗かれているという感覚だった。

「……かみさま……？」

「ん？　君……」

「っ‼」

神様と聞こえた気がして、もしや彼はそこまで見えてしまったのかと訝る。だが、ここは冷静にと、少年へ声をかけた。

「どうしたの？　驚かせちゃった？　一人なの？」

そうして、コウヤは彼のステータスを読み取った。そこには、間違いなく『無魂兵』の文字があったのだ。衝撃のあまり、コウヤは少年の動きへの反応が遅れた。

「え⁉　あ、ちょっと⁉」

少年は脱兎の如く走り去って行ってしまったのだ。

「あらら。逃げられちゃったねえ」

「……はい……」

近づいてきたタリスは、コウヤと共に、少年が走り去って行った方向に目をやったまま口にする。

「あの子、一応は人族だったよ」

タリスは、離れて少年を鑑定していたらしい。

「そのようですね……けど……」

「うん。名前は『ルディエ』。でも、年齢おかしかったね。『8（＋315）』だって。僕より年上ってことかな？　『(元）神子、無魂兵（末)、暗殺者』ってのも気になるよ」

「ですね……ばばさま達に相談してみます」

「捕まえないの？」

コウヤになら追えるとタリスは確信していた。もちろんその通りだし、今も居場所がバッチリ把握できていた。しかし、今すぐには動かない方がいいだろう。酷く怯えていたようだから。

「あの子……コウヤちゃんの正体見えたみたいだったよ？」

「ええ……なので、慎重にいこうと思います」

「そうだね。神様を怖がるってことは、後ろめたいことがあるってことだもんね。まあ『暗殺者』だったたし」

罰せられるとでも思ったのだろう。けれど、それならばある意味良いことだ。

「それを悪いことだって思ってるってことですよね」

「あ、そっか。たしかに。一般的な善悪の判断ができるってことだね。なら話せるかな」

「はい。大丈夫です。居場所は把握できてますから」

「ははっ、怖いなあ。でも、怒ってるわけじゃないんでしょう？」

「もちろんです」

ただ、コウヤはあの『無魂兵』をなくしたいだけだ。あれは間違っている。

「見つけて治療します！」

その上で話をしよう。

コウヤに見つかる前。少年、ルディエは焦っていた。

「……なんなの、この町……」

人目に付かない路地裏で、そこから見える、通りの様子を見つめる。この町はおかしい。今までのどの町とも違う。それを確信してはいるが、『何が』と具体的に答えが出てこない。

最初は、いつものように無害な子どもとして町に潜入し、適当に散策した後に、教会の内情を確認するつもりでいた。子ども一人で歩いていても怪しまれないように、まずは犯罪者達の吹き溜まりであるスラム街を見てこようとしたのだ。しかし、どこまで歩いてもスラム街らしき溜まり場に行き当たらない。

「なんで？　スラムなんて、臭うものなのに……」

生活に困窮している者達が集まる場所だ。酷い臭いがするもの。けれど、この町に入ってから、そんな独特の臭いを感じられずにいたのだ。

「まさか……処分されてるとか……」

スラムの住民を、権力者が疎ましく思い、処分したという線もあり得る。

事前に調べたところ、この辺境の地はよそから嫌われており、悪口しか出て来なかった。ならず者が最後に流れ着くとも言われているため、ろくな町ではないと思っていた。何より、潜入しやすそうな町だと笑ったものだ。

しかし、いざ町に入ろうとすれば、門番の目は厳しく、いかにも犯罪者だろうと見える怪しい者はすぐに弾かれて、どこかに連れて行かれていた。

その上、領兵が冒険者らしき者達と、とても楽しそうに話をしていた。領兵と冒険者の関係はどこも険悪だ。兵達にとっては、冒険者とは問題を起こすならず者とそう変わらない。

逆に、冒険者と親しい場合は、領兵がならず者寄りになっているということ。そういう町は、領主も腐っている。それが、長い間多くの町を見てきて知った常識だ。

そういった腐った領主は大抵、教会と裏で繋がっている。ここの領主も始末しなきゃならないかなと考えながら、ルディエは外壁を越えて中に入った。数百年にわたって暗殺者として鍛えた身体能力は、魔法の補助も付ければ無敵だった。ただ、そこからが冷や汗の連続だった。

今も、路地に座り込み、これからどうしようかと考えていれば、不意に通りかかった領兵が目を向けてくる。

「げっ、また……っ」

「どうした？　こんなところに入り込んで。迷子かな？」

「違う。ひ、人に酔って休んでただけ」

「そうか。あまり暗い所や狭い所に入り込まないようにな」

「うんっ」

子どもらしさを印象付けるため、元気に路地から飛び出し、兵へ手を振って通りを歩く。内心はドキドキと収まらない鼓動に動揺していた。無意識に胸元の、服の下にあるお守りを握りしめる。

兵達から見れば、まだ十歳にも満たない幼い少年が一人でいるのだ。困っているようにしか見えないのだろう。別におかしなことではない。彼らは職務をしっかりと全うしているだけだ。しかし、ルディエにとっては異常事態だった。

「っ、なんで見つかるんだよっ……全然隠れられそうな路地とかないし……なんなのこの町っ」

この言葉を、もう何度口にしただろうか。確実に口癖レベルになりつつある。スラム街がなくとも、少しは金に困った者達の溜まり場があるはず。それを諦めずに探していく。

誰もが目を背ける場所。そうした所で、身を隠して安心したいのだ。

「オレが見落としてるの？　っていうか、オレの隠密スキルがほとんど効かないってどういうことっ？」

暗殺者としての力を持つルディエは、気配を消すことに自信を持っていた。しかし、かなりの確率で兵が気付くのだ。慌てて怪しまれないようにスキルの発動を止めるが、それにしてもおかし過ぎる。

　この町の領兵は、何故か索敵スキルの高い者が多い。そのため、どれだけ隠れても見つかってしまうのだ。その上、ルディエよりは確実にレベルが劣るとはいえ、他の町の兵達よりも格段に強い。お陰で、見つかった時に下手に動けない。こちらが見た目を裏切ってレベルが高いことがバレかねないのだ。

　そして、もう一つおかしなことがあった。最終的に彼が辿り着いたのは、町に一つしかない教会だったのだが、見たこともないほど賑わっていたのだ。

「教会になんであんなに人が……」

　教会は本来、神に祈る場所だ。けれど、神官達が治癒魔法をお金目的で扱うようになってから、人々は教会に近づいたとしても、中にまで入って手を合わせる者は少なくなった。

　お布施（ふせ）を迫られ、ちょっとした怪我や顔色を見ては治癒魔法を勧められるのが常（つね）。

　今では『教会に入ったらお金を取られる』なんて認識がなされる始末だ。敬虔（けいけん）な信者の多い神教国でさえ、今や教会に行くことを渋る民が大半だった。それなのにこの町の教会は、多くの人が訪れ、満足したように笑顔で帰って行く。

　中には怪我人もいた。それほど裕福（ゆうふく）とも思えない身なり。けれど、躊躇（ちゅうちょ）なく教会へと入っていくではないか。

「金をむしり取られるだけだろうに……」

　哀れな被害者というように中に入っていくのを見送ったのだが、しばらくしてその怪我人は、何度も頭を下げながら教会から笑顔で出てきた。

「騙されてるんじゃ？　もしかして、洗脳？」

そんなこと許せるはずがない。しかし、気付いてしまった。

「……異常がない……？」

ルディエは人々を見つめた。これは、彼は鑑定能力に似た特殊なスキルを保有しているのだ。『世界の目』というスキルにより、神子や巫女となった者が稀に得られる特別なスキル。ステータス全てを見られはしないが、怪我や体の状態を知ることができる。

だから分かってしまった。誰一人、洗脳など受けていない。

「っ……なんで……？」

ルディエは足元が崩れるような感覚を覚えた。

得体の知れない何かと向き合い、信じていた世界が崩れていく感覚。

「神官は神に背く者達なのに……っ」

今の教会が選ぶ司教や司祭は、全て悪であるはず。そんな司教達がまとめる神官達も、善人であるはずがない。逆に言えば、そんな彼らに認められず、異を唱えた者だけが善。それが、ルディエの認識だった。

彼のそれは、たった一つの事柄を見つけて得た思い込みではない。長い時間の中で何度も思考し、現状を見て得た認識だ。これが覆ることなどもう絶対にないのだと思っていた。だからこそ、この現実を認められるわけがなかったのだ。

自身の体を抱きしめるようにして小さくなりながら、ルディエは堪らずその場を逃げ出した。

「なんで？　なんで⁉　なんなの⁉」

一人になりたい。考えなくては。けれど、それをできる場所が見当たらない。どこも光が入り、暗く深い色の影が見つからないのだ。それでもなんとか見つけたのは、公園の中にある木々の茂みの中。そこに屈みこんで震える。

考えがまとまらず、また胸元を握りしめて小さくなる。

「教会は許されない罪を犯しているんだ……欲望にまみれた奴らが神の御前を汚しているっ……消さないと……っ、全部、全部消して、神へ祈りの届く場所にしなくちゃ……っ」

神の声が聞こえない。届かないのは、神と繋がる場所である教会が穢れているから。

「ねえ、そうでしょ？　誰か……どうして……？　誰もいないの？」

不安だ。いつもそばにいた者達も、なぜか今朝から全く見ていない。まるで、自分一人がおかしな場所に紛れ込んでしまったように。誰一人として知らない、恐ろしい場所に入ってしまったかのように錯覚する。

「ううぅっ……どこ……？　みんな、どこにいるのっ……？」

まるで幼い迷子だ。

見た目は幼いが、何百年という長い月日をルディエは生きてきた。死を知らず、老いを知らず。

『時』に取り残された彼は、それでも同じ境遇の仲間と共にいられたら安心できた。

今ならば分かる。暗い教会の地下牢から助け出したのは、彼らのためではない。自分が寂しかったからだ。自分が異質な何かになってしまったと知った時。恐ろしかった。自分の考えに誰も賛同する者のいない不安。助けてと口にすれば壊れてしまいそうだった。

だから、仲間がいるんだと思うことが必要だったのだ。決して会話が成り立たない人形のような者達であっても、ルディエにとっては大切な仲間だった。

「やだ……やだよ……っ、一人はやだ……っ」

怖かった。信じてきたもの、信じて突き進んできた道がなくなってしまう。

教会は悪で、自分達をこんな存在にした者達を駆逐すれば、きっと願いは届く。ただの人に戻れる。そう信じてきたというのに。

仲間もいなくなった。死んでしまったのだとしたら、もう一人きりだ。たった一人、味方などいない状況で生きていけるだろうか。

いつ終わるかも分からない命を抱えて、この先を一人で生きていく。その不安がルディエの心を壊しにかかっていた。

否、既に壊れている心が、消えてなくなるようだった。今までは大丈夫でも、きっと自分も仲間達のように、いずれは心をなくしてしまうのだと考えたことは何度もあったのだから。

「っ……けて……たすけて……っ……さま……っ」

こんな時に助けてなんて言いたくなかった。言ったところで神は気付いてくれない。

神威戦争によって、神は地上を見捨てた。だから神子である自分が、神の望んだ世界に変えるのだ。腐ってしまった神官を駆逐する。それが神への何よりの誠意だと信じてきた。

これは罰なのだろうか。自分の信じたものは間違っていたのだろうか。教会は腐ってしまっているはずなのに、人々は神に祈り、笑顔を見せていた。

ここにあった、人々が笑い、神を信じて生きることを喜ぶ姿。それはかつて神が願った世界の姿だろう。ならば、自分がしてきたことはなんなのか。

「っ、オレがまちがって……っ」

「どうしたの？」

「っ⁉」

頭を抱える少年の元へ唐突に現れ、身を屈めるようにして声をかけてきたのは、十二、三歳くらいの少年だった。

陰になっていても煌めく紫の宝石のように美しい瞳の色と、銀に近い同じ紫の髪は認識できた。

それを見上げた時、十数年前に会った聖女を思い出した。もはや人らしい心などないと思っていたルディエの心に、『美しい』という思いを抱かせた瞳だ。

思わず息が止まる。そして、無意識のうちにスキルが発動していた。

「え……」

見えたのはあり得ないステータスだった。

名前……コウヤ

年齢……12
種族……神族（未）
レベル……371
職業……聖魔神（元邪神）、ギルド職員
魔力属性……火、風、水、土、光、闇、聖、邪、空、無
状態……身体（優良）、精神（優良）、異常状態なし、神々（三神）の加護

ルディエの特殊スキルは、レベル差など関係なく見えてしまうのだ。

「……かみさま……？」

「ん？　君……」

「っ!!」

はっと息を呑む。飛び上がるようにして距離を取る。

『こんな存在、あり得ない』

頭に浮かんだのはその言葉だ。

「どうしたの？　驚かせちゃった？　一人なの？」

優しい声。泣き出したくなるような、思わず縋(すが)り付きたくなるような。そんな声。けれど、混乱のあまりルディエは逃げ出した。

「え!?　あ、ちょっと?」

「っ……」

怖かった。自信を持って自分は正しいことをしていたのだと言えない不安を抱いてしまった今、このタイミングで、その人が現れた意味を考える。

ここに神が現れたのは、自分を助けるためではない。今までのことが間違っているのだと教えるためだ。そうでなければ、今ここで現れたりしない。そう思ったのだ。

『元邪神』という言葉が目に焼き付いている。何よりも正しいことを重んじる存在。邪神とは、この世界で秩序と理知を教える神であった魔工神なのだから。

どれだけ叫んで願っても、会うことも声を聞くこともできなかった神。数百年、存在を示し続けても、神に背いた神官達を殺しても現れなかった神が目の前に現れた意味など、一つだ。

「いやだっ……ごめんなさい……っ、ごめんなさいっ……っ」

ルディエは隠密スキルを最大限に発揮し、この不可解な町から、会いたいと願い続けてきた神から逃げ出して行ったのだ。

特筆事項⑥　神子を救いました。

コウヤは、ルディエという少年に公園で逃げられてからすぐに、ベニに話を聞きに行った。

彼は『無魂兵』でありながら表情があった。自分の意思をはっきりと示し、逃げていったのだ。ならば、ベニが言っていた、『無魂兵』となってしまった神子達を救った存在が彼かもしれない。その予想は外れてはいなかった。

「やっぱり近くにおったか……そんならコウヤ。捕まえて、薬飲まして、寝かしつけてやってくれん？」

「良いけど。そんな無理やりな感じでいいの？　特に薬が効いてるって感じじゃなかったよ？　とりあえず連れて来るってことじゃダメなの？」

ベニが言ったのはかなり力技な感じだ。無理やり解毒するのはどうなのだろう。緊急措置(そち)としてならば仕方ないが、特に影響がないなら、納得して飲んでもらうというのが普通ではないのか。

「話なんて聞きゃしないよ。そうは見えなくても、薬の影響は出とるわ。あの子の髪は綺麗な銀でなぁ。瞳も金に見える、色素(しきそ)の薄い色をしとった。薬の副作用で、今は確かくすんだ金髪に赤い目をしとるわ」

「ベニばあさま、知り合いなの？」

いやに具体的に言うので、不思議に思った。身内くらいの感覚なのだろうか。だから、少し乱暴な解決の仕方でも良いと思っているのかもしれない。

その認識は正しかったようだ。

「あの子は、わたしらの教え子でねえ」

「教え子？　治癒魔法の？」

「治癒魔法とか他の魔法を教えたんはセイや。わたしから護身術と適当な料理、キイから読み書き計算、礼儀作法やったかねえ」

　彼は歴代でもトップクラスの力を持った神子だったらしい。教育係がベニ達だったから、というのもあるのだろう。

「けど皮肉やね……わたしらが使い切った神薬を作ろうとしてできた薬で、あの子は神子としての人生を失った……まあ、教会の方も、わたしらへの当て付けのつもりやったかもしれん。それやったら、あの子が不憫だわ」

　ベニ達が彼のそばから離れた隙を見て、取り込むつもりだったのだろう。しかし、結果的に失敗に終わった。取り込むどころか、憎しみを植え付けることになったようだ。

「教会がばばさま達に対抗するために飲ませたかもしれないってこと？」

「そうやね。わたしらが神薬の影響で長く生きているとは知られておらんかったし、これで出し抜けるとでも考えたんやろ」

　数百年前は、古代の各種族の血が影響している者も多く、ベニ達はアムラナを飲んだことを知られることはなかった。いくら年を取らなくても、それは過去の先祖から受け継いだ性質だと思われていたのだ。

　今でも教会は、ベニ達がアムラナを飲んだことによって長い寿命を得られたことを知らなかったりする。だから、神薬を新たに神から授かったとでも言って、少しでもベニ達より優位に立ちたかったのだろう。力はどうあがいてもベニ達の方が上だったのだから。

「そういうことだから、やったって」

「う、うん。分かった」

そうして、コウヤは一人少年を追いかけようとしたのだが、教会を出たところでダンゴから念話が届いた。従魔契約をしたことで、こういうことも可能になったのだ。

『《あるじさま。かんじゃさんがおきたでしゅ》』

『患者？　あ、『無魂兵』の？　そっか、経過をゲンさんやナチさんに見ててもらって……』

『《でていこうとしてるでしゅ》』

『え？』

ダンゴがこうして連絡してきたということは、彼らが目覚めたことよりも、出ていこうとしている方が問題なのだろう。ゲン達では対応できずに困っているのかもしれない。

『《パックンがいりぐちふさいでるでしゅ》』

『……分かった。すぐに行くよ』

ダンゴが伝えてきた後に、パックンからも念話が届いた。大きくなって扉の前をふさいでいるようだ。少年の方が気になるが、まずは『無魂兵』達を大人しくさせるべきかもしれない。

路地に入り気配を消し、駆けながら薬屋近くの路地へ転移する。

薬屋に駆け込むと、治療室へ続く扉を少しだけ開けた。

「お待たせ、パックン」

コウヤの背よりも大きくなって立ちはだかっていたパックンは、ポンッと唐突に普段の大きさに縮んだ。その後、更にポン、ポンと口から『無魂兵』の男女を部屋の中央の方へ吐き出した。

《おかえり～♪(´▽`)》

「……パックン、今なんでその人達……」

《ん？　『きんきゅうそち』ってやつ(๑╹ω╹๑)》

「そっか……まあいいや」

ダンゴは邪魔にならないように天井近くで浮いていたらしく、そのままふわりとコウヤの頭に着地した。

《あばれてタイヘンだったんでしゅ》

「みたいだね。ゲンさん、ナチさん大丈夫？」

「おう……俺も筋力落ちたな……籠(こも)り過ぎた」

「パックンさん達がいらしてくれたので、助かりました」

パックンに吐き出された男女に異常がないかを確認して手を貸しながら、ゲンとナチが返事をした。起きていたのは十四人中の五人。通路でゲンとナチに助け起こされている男女以外の三人は、お手伝いに来ている神官達が技をかけてベッドの上で組み敷(し)いていた。

「あっ、ばばさま達の技……その三人、もう暴れなさそうだし離してあげてくださいね」

「「はい！」」

間違いなくベニ達に教え込まれたのだろう。完璧な取り押さえ方だった。ベニ達は一体、この短期間でどうやってここまで神官達を育てたのか不思議だ。

五人ともがコウヤを見つめて固まっている。コウヤに何かを感じているようだ。どうしたのかと首を傾げて見せると、はっとしたように通路にいた二人の男女が土下座した。

「どうか今だけはお見逃しください！」

「今この場で裁くのはどうかお許しいただきたい！」

「……え～っと……」

もしかしたら、元神であることが、彼らには分かったのかもしれない。裁かれるとでも思ったのだろう。しかし、コウヤからすれば、彼らはただの患者だ。そして、殺し屋であったとしても、今彼らを兵に引き渡すつもりも、裁くつもりもない。

「今どうこうする気はないよ？　それより、君達の仲間だと思うんだけど、八歳くらいの子で……」

「ルディエ様！　そ、その方はどこに⁉」

「うん。西の森に入っちゃったみたいだから早く追ってあげたいんだ」

それを聞いて、土下座していた男女がもう一度頭を床に擦り付ける。

「どうかっ、私もお連れください！」

「お邪魔はいたしません！　逃げもしません！　どうか！」

必死だった。

「いいけど……ちゃんとついてきてね？　あの森はいくら強くても油断すると危ないから」

「「……」」

顔を見合わせ、何やら確認し合っている。その間にゲンとナチに言っておく。

「ゲンさん、ナチさん、ここは引き続きお願いしますね。ダンゴを置いて行くので、何かあったらすぐに来ます」

「分かった。任せてくれや」

ナチも、お手伝いしている神官達も深く頷いていた。そして、座り込んだままになっていた女性が顔を上げてコウヤを真っ直ぐに見つめる。

「よろしいでしょうか……」

二人は、決意したらしい。恐る恐る手を挙げて、それぞれ主張する。

「ついていきます。お願いします！」

「会わなくてはいけないんです。お願いします！」

そこまで言うならと、コウヤは許可した。

「分かった。なら行きましょう」

「「はい！」」

そこへパックンが跳んでくる。

《ついてく！(￣^￣)ゞ》

《あるじさまをおねがいするでしゅ》

《まかせて ᕦ(ò_ó˘)ᕤ》

背中を向けたコウヤの腰に、パックンがくっ付く。そんなパックンへ、頭の上からふわふわと浮き上がったダンゴがエールを送っていた。それに口を挟まず、コウヤは二人の男女を連れて薬屋を飛び出した。

コウヤは駆けた。その後ろを、二人の男女が必死に追う。

まだ完治したかどうかも確認していない二人には、かなり無理をさせている。だが、転移の魔法を使うには関係が浅過ぎる。走ってもトップスピードは出せないし、はっきり言って足手纏いだ。だが、少年を保護するには彼の知り合いがいた方が良いだろう、という計算もあった。

少年が無事でいてくれることを祈りながら、町を出てしばらく西の森を駆けていると、見知った気配がすごいスピードで追いついてくるのに気が付いた。すると、パックンが意思を伝えてくる。くっ付いているので、表示している内容が正確に伝わってきた。

《ばばさまきたよ？(ﾟДﾟ)》

「これは……セイばあさま？」

コウヤは振り返ることなくそれを確認する。そこで、セイが隣に並んだ。

「急ぐんか」

「うん。かなり奥まで行ってるみたいだから」

「なら、あの二人を少し補佐してやろうかね」

セイは、動揺しているらしい男女の後ろへと回る。そうして、二人に向けて聖魔法を発動した。

「「っ!?」」

それは、高位の治癒魔法の一つ。気力と体力を向上させるものだ。現代では失伝(しつでん)しているだろうこの魔法により、二人は安定してコウヤについてこられるようになった。

そのままセイは二人の後ろを走る。

お陰でコウヤは二人を気にすることなく、前に集中できた。実は西の森に入ってから、進行の邪魔になる魔獣や魔物を魔法で吹き飛ばしていたのだ。

飛ばされた多くの魔獣達は、何が起きたのか分からず、こちらを認識することもなく混乱して終わる。コウヤ達に気付いて追いかけてきたものは、後ろにくっ付いているパックンが迎撃していた。

ただ、倒しても回収できないので、物凄く不満そうだ。魔法をただ消費するだけになっている。

《もったいない(ToT)》

「はいはい。帰ったらまた補充しようね」

《うんいっぱい(*^_^*)》

「ゲンキンだなぁ」

「「……」」

ついていく二人は気が気ではない。一見して間違いなく自分達でも苦戦するであろう高ランクの魔獣や魔物達へ、逆上されて襲われるリスクを負った上で、躊躇いなく魔法を放つ様は、恐ろしいの一言に尽きる。

それを走りながら行っているのだ。一歩どころではなく半歩間違えれば、衝突する危険もある。難なくそれらをこなせることから、索敵スキルが非常に高いのだと予想できるだろう。

因みにコウヤに『索敵スキル』はない。『世界管理者権限』に統合されているのだ。もし索敵スキルを持っていたら、熟練度は七段階ある六つ目を示す【臨(りん)】なので、本人はまだまだだと思っていたりする。

人の人生の中で極められる最高の熟練度が、四つ目の【極】だ。現代ではその下の【大】が最高で、その上はないと思われているほどなので、明らかに異常なスペックである。だが、それをコウヤが自覚することはない。

そんなコウヤは今、少年に近づいていく魔獣の気配を感じていた。

「マズイな……」

雨も降り出し、視界が悪くなっていく。速く走るには邪魔だ。魔法で空気の膜を張って速度を維持する。少年のことに気を取られているので、いつもならば気の利くコウヤも、後ろの二人やセイが濡(ぬ)れていることに気が回らない。

セイは自身でそれを展開する余裕があるが、二人には無理のようだ。追うだけで精一杯なのだろう。セイもそこまで二人を気にしてやるつもりはなかった。コウヤはあと少しというところで後ろへ声をかける。

「先に行く！」

それだけ伝えて一気に加速した。

コウヤが見たのは、魔獣の前で無心(むしん)で立ち尽くしている少年だった。コウヤには分かったのだ。少年が生きることを諦めたということが。

「っ、そんなの許さない」

そして、少年に襲いかかろうとしていた『ワームハウンド』へ風魔法を叩きつけた。数メートル吹っ飛んでいくワームハウンドを確認し、少年、ルディエへ目を向ける。信じられないという表情をした彼にコウヤは強く伝えた。

「ダメだよ」

「っ……！」

そこへ、セイ達が追いついてきた。コウヤを追い越し、ルディエへと駆け寄っていく男女二人。

「ルディエさま……っ」

「ど……して……」

座り込んでしまっていたルディエを抱きしめた二人。それはまるで若い夫婦が、迷い子になっていた子どもを見つけて喜ぶように見えた。

「もう大丈夫なんです……っ……助かるんですよ……っ」

女の言葉で、クシャリと顔を歪めて涙を流したルディエ。そこへ、セイが歩み寄っていく。

「まったく、世話の焼ける子だよ」

「っ、シスター……？」

驚くルディエへ、セイは呆れた様子で答える。

「なんだい。その化け物でも見たような顔は」

「だ、だって、あの時から全然変わってない……」

二百年も同じ姿というのは、自身のことがあっても驚くようだ。

「ずっとババアで悪いかい。お前だってちぃっとも成長せんおチビちゃんだろうに」

「に、二センチは伸びたもんっ」

ずぶ濡れになって、泣きながら主張するルディエに、セイは一歩近づき拳を振り上げた。

「二センチばかし……こうすりゃ縮むだろうさねっ」

「っ、いっ、痛ったぁぁぁっ！」

ゴツンとしっかり骨がぶつかる音が響いて、ルディエの頭にゲンコツが落とされていた。

「このバッカもん!! 人様に迷惑をかけることと、無闇に心配をかけることだけはするなって教えたろうが！」

「ひぅっ」

これだけで、セイ達が彼のことを心から心配し、大事に思っていることが知れた。殺し屋として神官達を粛清して回っていたことも、彼女達にはどうでも良いことなのだろう。それだけ、あの国の神官達が腐っているという証拠だ。

セイ達は決して、人殺しを容認しているわけではない。けれど、この世界では命が軽いことも確かだ。弱い者が搾取されて絶望するならば、その原因を討つのは、生きるために必要なこと。それが誰かのためならば否定しない。

コウヤも同様である。邪神としてコウルリーヤが討たれたことに遺恨を抱いていないのは、そうした誰かのためとして向かって来た者達がいたからだ。

もちろん、いくら命の軽い世界だとしても、助けられるのならば助けるべきだ。命が生まれるというのは簡単なことではないのだから。何よりも、搾取する者がいないことを、コウルリーヤ達は願っている。

「はあ……ばばさま、その三人頼むね」

「すまんな、坊。ここにおればいいか？」

「うん。すぐに済ませるから」

「「「……？」」」

なんの話かと不思議そうにする三人を気にせず、コウヤは加速した。

「え!?」

驚く声が一つ聞こえたが、コウヤはそのまま、起き上がったワームハウンドへ突撃していく。衝突寸前まで迫って腰から抜いた銀の輝きが、こちらを向く頭を捉えて一閃する。スパッと切り落とされた首からは血が出てくることはなく、断面は焼かれていた。

「雨降ってるし、血抜きはオヤジさんに任せようか。パックン、回収してくれる？」

《まかせて！ ٩('ω')و》

巨体を一呑みにし、パックンは満足げだ。そうして振り返ると、セイ以外の三人が座り込んだまま口を大きく開けて呆けていた。

「どうかした？」

「い、いえ……素晴らしい腕前です！」

女性の方が、興奮した様子で答えた。その瞳は憧れのヒーローを見たように煌めいている。そこでコウヤは、三人が雨に濡れていることにようやく気付いた。

「あ、ごめんね。気が利かなくて」

三人の体についた泥と水気を温風で瞬間的に飛ばし乾かして、雨がかからないように彼らの周りに空気の膜を張る。

「あ、ありがとうございます！」

「すごい……」

「っ……」

女性は感動、男性は感心、ルディエは畏怖と、それぞれの感情を見せながらゆっくりと立ち上がった。

◆　◆　◆

どこをどう走ってここまで来たのか、ルディエには分からなかった。

暗殺者として生きて数百年。培ってきた身体能力は、高い町を囲む外壁さえも越えられるほど。

隠密スキルを最大限発揮し、人の目に付かないように駆け抜けた。どれだけ索敵スキルが高くとも、人の身では自分と同じ【極】までが限界だと、長年の経験で知っている。

ならば、感知されない速度で通り抜けてしまえば問題ない。そうして、誰にも気付かれることなく町から脱出し、ただ闇雲に森の中を彷徨っていた。

「うっ、ふっ……っ……く……っ」

町を出てしばらくは涙が止まらなかった。けれど、泣いてもどうしようもないと、喪失感がその涙を止めた。無気力に、もう何もしたくないと感じながらも、足だけは進み続ける。

まるでそれは、立ち止まってしまったらそこで死んでしまうのだというように。トボトボと方向も分からずに歩き続けていた。

仲間もいない。神にすら見捨てられた。ならばなぜ、自分は生きているのだろう。こうして思考し、歩き続けているのだろう。

「……きえ……たい……っ」

何も感じなくなればいいのにと、ルディエはこれまで幾度となく思った。

『無魂兵』の名の通り、魂のない人形のようになれたらいいのにと思えてならなかったのだ。

ルディエは、教会の作り出した『無魂薬』を飲んで、初めて生き延びた子どもだった。

『神薬』には到底及ばない、似ても似つかない薬。

神が与えた薬を人が作ろうと考えるなど、愚かなこと。しかし、神官達はそうは思わなかった。これを作ってこそ、神に近づける。神との会話が許される存在になるのだと信じた。

そうして、試作を繰り返し、教会に助けを求めて来た数多くの人々を、実験という名の下に殺してきた。このような非道がまかり通ってしまっているという事実こそ、神が地上を見捨てたという証拠だった。

努力しても手に入るものではない技術。それが治癒魔法だ。神の力でしか発現しない力。だからこそ、教会はこの力を重要視していた。しかし、その力も『神威戦争』を境にして使い手が減ってしまった。全くいなくならなかったのは、神の慈悲に他ならない。

教会は焦っていた。神に完全に見捨てられたならば、滅亡するしかない。だから、彼らは少しでも今の状況を維持しようと考えたのだ。

強い治癒魔法の使い手である巫女や神子を、長い時間生かすことができれば、この先減っていく加護持ち達の問題を先送りにできる。何百年とその力を保護することができればと考えたのだ。そうして、完成した『無魂薬』の被験者の一人が、ルディエだった。

ルディエはまたぐっと胸元にあるお守りを握りしめ、その日のことを思い出そうとしていた。

今から三百と二十数年前。

ルディエは、神教国の片隅にある貧しい農村で生まれた。

両親は生まれた子どもを愛していた。だが、想いだけでは生きてはいけない。生活が苦しくとも、家族三人で生きていこうと努力していたのだ。

神教国では、国内に生まれた子どもだけでなく、国外からやってきた子どもも、必ず教会で鑑定させることが決められていた。それは一般的には『祝福の儀』とされている。しかし、現実は、鑑定スキル持ちと、治癒魔法の適性、聖属性持ちを見つけるためのものだった。

貧しい農村に住まう者達は、『祝福の儀などという大それたもの』として遠慮する。国民にとっては、そんな認識だったのだ。

ルディエが一歳になる頃。神官が村にやってきた。

「ここに、祝福の儀を受けていない子どもがいると聞いてきました。どうか、お子様に祝福を授けさせてください」

神官はこうして頭を下げた。

「そんなっ、神官様っ……ありがたいことです。このような場所までわざわざ……」

「いいえ。子どもは神からの授かり物。神に仕える我々が出向くのは当然のことです」

この国の民達にとって、神官は他国の貴族に近い位置づけだ。見るからに健康的で、暮らしに不自由していない。だから、神官になれたならば、それは幸せなことだと思われていた。

「この子です。ルディエといいます」

「ほお。これはまた、輝くような可愛らしいお子様ですね」

「はいっ」

ルディエは、美しい白銀の髪と、金に見えるほど輝く大きな瞳を持っていた。両親も似たような色を持っているが、貧しい暮らしから、色艶が褪せてしまっている。

神官は、自慢げにする両親を内心バカにしながら、ルディエに祝福の言葉をかけ、鑑定をした。

果たして、神官にはこのように見えた。

名前……ルディエ
年齢……1
職業……エリスリリア神の神子
魔力適性……火、風、水、土、光、闇、聖、邪
特性……エリスリリア神の加護

この神官の鑑定のスキルレベルでは、レベルや種族、称号などは見えない。持っている魔力属性ではなく、適性として見えるのも、スキルレベルが低いからだ。だが、それでも充分だった。

「っ、み、神子っ」

『え?』

「どうしたのです? 神官様?」

仰天する神官に、両親は首を傾げた。

見たものをもう一度確認してから、神官は間違いないとして心を静める。彼がこれほど動揺するのは、『神子』を見つけた者には、多大な恩賞(おんしょう)が国から与えられるからに他ならない。しかし、それらの事情などは隠し、両親に告げた。

「この方は、神に選ばれた神子様であると、今し方、神託(しんたく)が下りました」

「神託っ?」

「か、神様のお言葉ということですか……」

鑑定したなどとは口にしないのが、彼らのやり方だった。優しい顔で神を盾に取る。

「そうです。ですから……大変申し上げにくいことですが、ルディエ様は中央教会にてお預かりすることとなります」

「……え……」

「預かり……つ、連れていくということですか？」

目を丸くする両親に、神官は心苦しい様子で頷く。

「その通りです。神子として相応しい場所で、お育ていたします」

「っ、そんなっ、で、では、私達もっ」

母親は、決して離したくはないのだと、神官の前に寝転がらせていたルディエを慌てて抱き上げる。そんな母親を内心であざ笑いながら、神官は緩やかに首を横に振った。

「あくまでもルディエ様だけです。神子は神のもの。あなた方の子ではなく、神託が下りた今、この方は神の子となりました。ですから、この方の親は神なのです」

「っ……」

「そっ、そんなっ、そんなことっ」

無茶苦茶な理由だ。けれど、この国では神官の言葉は信用されている。何よりも優先されるものというのが常識になっていた。それでも、この両親は首を縦に振らなかった。それだけ、ルディエを愛していたのだ。

我が子を離そうとしない両親に、神官は蔑むような目を向けた。しかし、両親はルディエを守ろうと必死で抱きしめていたために、その目を見ることはなかった。

「……お別れは辛いでしょう。三日後に改めてお迎えに参ります。どうか、それまでに心の整理をお願いいいたします」

内心舌打ちしながらもそれだけ告げて、神官はこの村をあとにした。


所属する教会に戻って来た神官は、すぐにこのことを司教に報告した。

「でかした！　これで私とお前は、中央に行けるっ」

「はい。ですが……あの両親は恐らく……」

「ふむ」

この国は貧しい者が多い。だからこそ、神官達は自分達の優位性に酔い、上の者に阿るようになる。お陰で、上に逆らう者はいなかった。

人々も貧しいからこそ、神官という立場に夢を見る。他国の貴族と違い、実力やコネさえあればなることができるのだから。

「金を渡しても無理そうか」

「そうですね……恐らく無理でしょう」

多くの者が、お金で子どもを手放すことを躊躇わない。神官達は、ここをそういう国にした。それでも、子どもを手放さない者が少数存在する。そういう者に対しての対処は決まっていた。

「では、始末を」

「はい」

この日の夜。この国から逃げ出そうとしていた両親達や、手を貸そうとした人々もろとも、村は焼け落ちた。生き残ったのは、神官に連れ去られたルディエだけだった。

「これはまた。美しい神子様だ」

「本当に。これが神に愛された子なのですね」

ルディエをまんまと手に入れた司教と神官は、優しい顔をルディエに見せ、馬車で国の中枢（ちゅうすう）である中央教会へと向かっていた。

「村は残念だったなあ」

「ええ。神子をなんだと思っているのか」

彼らにとっては、正しいことをしたという認識だ。神子を逃がすなどとんでもないことだと。

神が地上に干渉（かんしょう）しなくなったのを良いことに、神教国は神の意志だという言葉を盾に、多くの者を犠牲にしてきた。当然、神の言葉を騙（かた）っているのだ。

神は、それを許しはしない。それでも、頑（がん）としてエリスリリア神は神託を下ろさなかった。下ろしたとしても、神から言葉を受けた者を担ぎ上げ、また良からぬことに使うのは目に見えていたからだ。

神子が生まれるのは、弱い人々の救済のため。これはせめてもの神の慈悲だ。どんな結果になろうとも、神子は生き延びる力を持っている。それは神の加護の影響だ。自身の意思で、必ず道を見つけることができる。それが神子だった。そのことに、神教会の者達は気付いていない。

そして、それを証明している存在がいた。

「まったく、本当にこの国は腐ってしまったのかねえ」

「人の最も忌むべき姿だわ」

「エリィちゃんが怒るだろうねえ」

女は聖女以外、司教などの上の立場にあるべきではないとして、孤児院をまとめるシスターとしての立場を持つ三つ子の女性。けれど、神教会は怖いだけなのだ。この三人の女性達が、最も神の近くに在る巫女であるという事実を認めるのが。

彼女達は能力も高く、魔獣が相手でも、迷宮に入って神の作った物を回収することも、冒険者を雇うよりも確実に為せた。

だから、神教国は、彼女達にそうした危険な役目を依頼する。彼女達も、下手な者に強力な魔導具や武器が渡るよりも良いと考え、それに賛同していた。だから、シスターとしての仕事など、数十年に数年だけやる程度だ。

ベニ、セイ、キイは、目の前に広がる小さな村の惨状を見て、顔を顰める。たった今、この国に戻って来たばかりで、国境近くのこの村を見つけたのだ。

三人には、見ただけで、この場所で何が起きたのか察せられた。そして、そこに神であるエリスリリアから言葉が届く。

《悪いけど、あの子を頼むわ。ほんっと、この国クソよねっ》

「潰すか？」

「吊るすか？」

「吹っ飛ばすか？」

それぞれの言葉を聞いて、エリスリリアの笑い声が響いた。

《もうっ。それもいいけどね〜。けどダメ。手伝うのはいいけど、この国をどうにかするのは……》

それ以降の言葉はなかった。けれど、三人には分かった。自分達ではダメだと。神と関係を持った自分達がしたのでは、神が手を貸すようなもの。

多くの犠牲を積み上げて、教訓として知り、真に考えて、これではダメだと答えを出した人々の力で解決しなくてはならない。どれだけ悲惨な結果があったとしても、人々の力だけで解決する。

それが、コウルリーヤ神を邪神として討った人々への罰だ。

「難儀やなあ」

「エリィちゃんも辛いやろ」

「せめて、わたしらだけでも、導く光となろう」

神は人の生き死になど気にしない。人々が罪を罪として認めることも、見ているだけだ。けれど願っている。この世界で彼らが助け合い、隣人と関わりを持って生きることを。犠牲を強いることなく、前を向いて生きる一生を享受できるようにと。

それを助けるのが、神に遣わされた神子や巫女の役目だ。

「さて、では行くか。今回は、どうやって脅そうかねえ」

「せめて、生き方を考えられるようには育ててやらんといかんでねえ」

「礼儀作法も、早いうちに叩き込まねばな。いつまで傍にいてやれるか分からんで」

三人は、この国では疎まれている。素直に神子の教育を任せてくれるとは思えなかった。しかし、この国の誰よりも聖魔法に詳しい。神子の教育をするのに、これほど頼りになる者達もいないというのも事実だ。

とはいえ、恐らく今からならば、十歳までも傍にいられないだろう。物事が分かるようになる頃には外されるはずだ。それでも、確実に力を高めてやることはできる。生き延びれば、きっと新たな光明(こうみょう)となるだろう。

「確か、エリィちゃんが言うとったなあ。スパルタ教育やったか」

「神子なら自我が芽生(めば)えるのも早かろうて」

「子どもでもできる護身術を考えねばな」

これは忙しくなると、少し楽しみでもあった。

「ジンクにも知らせとくかねえ」

「あの彫り師バカが覚えておられるか？」

「心配やねえ。けど、わたしらがいない時に何かあるといかんでなあ」

ジンクとは、今や失伝した刻印術(こくいんじゅつ)の使い手。元神子であり、過去に怪我をしたことが理由で神薬を飲み、それによって生き延びた男だった。

とうの昔に教会から存在を忘れられている彼には、放浪癖がある。誰よりも隠れるのが上手く、また、ベニ達が集めてくる神の武器などを、刻印術で教会の目から隠すこともできた。
そして、教会に搾取されるだけになった憐れな神官達を助け出し、逃がすこともできる者だった。
ただし、少々夢中になり過ぎることもあり、約束など、コロリと忘れることも多いのが玉に瑕である。

「まあ、同じ神子として気にしてくれるやろう」

「たまに大ボケかますで？」

「迷宮で迷子になっとったよ？」

「……」

セイとキイの言葉に、ベニは急速に自信をなくす。だが、やらねばならないことだと顔を上げた。

「わたしらで尻叩くしかないやろ！」

「そやね」

「仕方ない」

ジンクに頼るとしても、まだ数年後のこと。今から心配していても仕方ないと気持ちを切り替え、中央教会に向かって三人は走り出した。馬もびっくりな爆走だった。

それから七年が過ぎ、予想通り、ベニ達はルディエから引き離された。
その実験は、ベニ達がまた神教国を出て行った後に行われた。
ルディエを必死になって教育していたベニ達も知らないものだった。

「神薬は、真の神子に与えられる物だったと言われている。ならば……」

間違いなく、ルディエは真の神子であるはず。今まで実験してきた者達は、聖属性の適性が特に高い者を選んでいた。けれど、一人として生き延びる者はいなかった。それは、真の神子ではなかったからだ。そう答えを出した。

「あれらの教育を受けた者だ。仮に失敗したとて構わんっ」

そう判断され、飲まされた結果。ルディエは生き延びた。

精神を崩壊させることもなく、見たところ、髪と瞳の色が変わっただけの変化しかなかった。

「せ、成功か⁉」

「す、すぐに鑑定いたしますっ」

そうして、この神官の目に入った鑑定結果がこれだった。

名前……ルディエ
年齢……8
職業……（エリスリリア神の神子）
魔力属性……火、風、（水）、土、光、闇、（聖）、邪、空、無
特性……エリスリリア神の加護、不老不死

神官は、飛び上がって驚いた。

「せっ、成功です！　特性に不老不死と出ています！」

「っ、なっ、よし!!　よしっ、よくやった!!」

しかし、実際は神子である資格も、治癒魔法もほとんど使えなくなってしまっていたのだ。それらは、封印状態になっていた。

何年経っても老いない体は手に入ったというのに、一番肝心な部分が消えてしまったのだ。神官達はやがて、彼を処分しようと考えた。

だが、彼は生きたかった。神子となって多くの人々を、家族を助けられると思っていたのに、それを神官達の勝手な事情で消され、殺されようとしている。それを感じた時、彼は武器を取った。それは一本のフォーク。やられる前にやらなくてはと思ったのだ。

ここを出ると決心した夜。

その人は静かに部屋に忍び込んできた。

「へえ。それでヤる気？　さすがはベニちゃん達の教え子だねえ」

真っ黒な髪と瞳の、奇妙な壮年（そうねん）の男だった。

「誰……」

「俺はジンク。ベニちゃん達のお友達みたいなものだよ」

「……止める気……？」

「ううん。構わないよ。何より、ここにいるのは死んで当然のクズばかりだ。人を玩具かなんかだと思ってる。殺しても、すぐにどっかで拾ってくればいいって思ってるような奴らだよ。自分達が弱者の立場になるなんて考えたこともない。だから、別に好きにして構わないよ？」

微笑みながら、どうぞと部屋の扉を手で示す。

ルディエは、閉じ込められていた部屋からいとも簡単に出ることができた。手にあるフォークと、素手だけで見張りの数人を倒し、教会を抜け出すことに成功したのだ。

「……いつまでついて来るつもり？」

後からゆったりとした足取りでついて来る笑みを絶やさない男は、教会を出て町を幾つも素通りする間も、つかず離れずルディエを追ってきていた。

「ん～。君がどうするのか気になってね。因みに、どこに向かってるの？」

「……親の所……」

ずっと、会ってみたいと思っていた。育ててくれたベニ達が親だと思ってもいるが、本当の父母というのを、一目でも良いから確認したかった。だが、今までは会いたいなどとは言えない雰囲気で、せめてもの慰めに、その場所だけは調べていたのだ。

「やめた方がいいと思うけど？」

「……あんたも、捨てた親なんてって思うのか」

「う～ん。そうじゃなくて、あそこ、もう何もないよ？」

「は？」

とぼけた顔で言われても、意味が分からない。どこかはっきりしない、ふわふわとした男の言葉など気にせず、ルディエは聞いていた場所へ足を進めた。変わらずついて来るジンクを気にしながら。

辿り着いた先。そこで見たのは、無残(むざん)に焼かれた村の跡と、その端に作られた小さないくつもの墓らしきものだった。

「っ……なん……で……」

「君を引き渡さなかったものだから、教会に消されたんだろうね」

「っ、なんでっ！」

飄々(ひょうひょう)と話すジンクに、ルディエは掴みかかる。それを彼はひょいっと避けた。

「なんでって、これが今のあの教会の、この国のやり方だからだよ」

「……っ」

ルディエはぐっと手を握り、唇を噛みしめた。こうしたやり方を知らなかったわけではない。ベニ達からも聞いていた。けれど、それを他人事のように受け止めることしかできていなかった。

「なんで……っ」

この言葉しか出て来ない。なぜ、どうしてと。神はどうして、こんな国を許しているのかと。

そんなルディエの心を読んだように、ジンクは口を開いた。

「神は、助けてなんてくれないよ。だって、こっちが先に裏切ったんだもの。人が腐っていかないように、導いてくれていたコウルリーヤ様を、勝手な理由で討った。だから神は、手出しをやめた。

見てるけど、勝手にすればいいってね」

「……」

人々に秩序を教え、理（ことわり）を説いていたコウルリーヤ神。それを否定したのは人だ。きっと、コウルリーヤ神がこの国の現状を知ったなら、正そうと人々を導いてくれただろう。その機会を奪ったのも人だった。

ジンクは、星も見えない、雲に覆われた夜空を見上げる。

「こんな国は間違ってる。そう、多くの者が思っているのに、行動には移さない。それは人の甘えだ。未だに神がいつか助けてくれると思ってる。こんな間抜けなことはないよ。立ち上がることさえ放棄した人々は、このまま滅びる方がいいのかもしれないねえ」

ルディエはまだ幼い。けれど、できることはあったはずだ。そのできることを増やしてくれていたのは、ベニ達だ。

『坊。この世界はなあ、まだまだ幼いんよ。神々は、子を育てるのと同じように、手をかけてくれた。その手を振り払ったのは人だ。だから、責任は取らんといかん。きちんと、自分達の足で歩き、自分達の手で作り上げる。できるよと、見せんといかんのよ』

何を言いたいのか、その時は分からなかった。けれど、今なら分かる気がする。

「……殺すことは……悪かな。神は許してくれる……？」

「どうしようもないのはいるからねえ。神の教えは、罪もなく一方的に奪うことはしてはならないってこと。だから否定もしないし、肯定もしない。絶対の悪だと断じてはないよ。盗賊なんかは縛り首でしょ？」

「……こんなことをする奴は、何度だって繰り返すよね……」

「一度やったら、二度も三度も変わらないよ。やらない奴は一度としてしないもの。まともな人って、他人を傷付けるだけでも罪悪感でいっぱいになるから」

ルディエの決心を、ジンクは分かっているようだった。

「なら……っ」

「ねえ。愛ってさ。どこから始まるか知ってる？」

「は？」

突然、何を言い出すんだと、ルディエははっきりと顔を顰めて見せた。けれどジンクは、その表情を笑うように、クツクツと喉を震わせた。

「人はねえ。母親の苦しみの上で生まれるように出来てるでしょ？　命を生み出すっていうのは、それだけ辛く、重みのあるものだ。軽いものではないって、教えるためにその苦しみはあるんだって、俺の母は言ってた。神はまず、それで女に無償の愛を教えるんだって」

そう言って、ジンクは笑みを深める。

「自分を苦しめた者を愛する。それって、凄いことだよね～」

「……」

何が言いたいのか分からない。けれど、ルディエは次に何が語られるのか、知りたいと思った。

「次に母親は、息子に、男に愛を教える。愛を知った男は、家族や隣人を愛することを知る……」

そう、きっと神はそれを望んでいた。そうして繋がっていく。そんな優しい世界を願っていた。

けれど、現実はそんな簡単なものではない。

「そんな世界、あり得ないって思うよね」

「……うん……」

人は愛どころか、傷付けて、切り捨てることを覚えてしまった。

「けどねえ。願うことは悪くない。コウルリーヤ様ならきっと、そんな世界になったらいいよねって笑うはずだって、俺は思うんだ」

「コウル……リーヤ様が……」

「うん。俺には分かる。愛が繋がっていくように、誰かの行動によって、世界を変えていくこと。それを待ってるんだって。そうして、世界が少し今よりも変わったなら、きっとあの神は戻ってきてくれる。また笑って、人々の悪いところも良いところも全て受け入れて、未来に導いてくれる」

嬉しそうに、憧れるように、しかし、どこか儚げにジンクは微笑んだ。

ジンクは、そこで胸元のポケットから、親指ほどの大きさの石の首飾りを取り出し、ルディエに差し出した。

「持ってなさい。護符のようなものだ。刻印を施してある。身に着けていると、君の魔力を少しだけ吸収していくけど、それできちんと役目を果たすから」

「役目……？」

金色の牙のような形のそれには、装飾のように何かが彫られている。意味のない模様のようにも見えるが、それは特殊な太古の文字だった。持っていると、少しだけ心が軽くなるような気がした。

「君がもし、長い時間の中で壊れてしまったとしても、それが君を導いてくれる。そこには『求めるものへ道を示す』と彫ってあるんだ。君が求めるもの、君を求めるものへと道を示してくれる。まあ、お守りだと思って持っててよ」

「……うん……」

どうしてか、ジンクの声を聞いていると、心が落ち着いてくる。信じて良い人だと思えてならなかった。だから、素直にその護符の首飾りを着ける。そうすると、守られているように感じた。

「君は神子だ。君の出した答えは、世界に影響を与える。だから、絶対に神子であることは忘れちゃいけない。それさえ忘れなければ、その先の未来を曇らせることはないだろう。君の行く道の先に何があるのか……楽しみにしているよ」

「……」

それだけ言って、ジンクは背を向けて離れて行った。

もう一度、村の跡地に目を向ける。そして再び、ジンクの歩いて行った方へ目を向けたのだが、その姿は、幻のように消えていた。胸元に揺れる護符を無意識に握りしめ、ルディエは歩き出した。

神教国を出てから考えたのは、まずは自分が生き延びること。

物陰に身を隠し、物を盗み、人を殺す。お金が必要な時に相手にするのは盗賊達だった。人を傷付けることに躊躇いのない彼らならば、傷付けられても文句は言えない。盗品はそのままに、金だけをいただいた。

そんなことを何年も繰り返していると、身を隠すことにも慣れてきた。それで余裕が出来たことで、不意にジンクの言葉を思い出すようになった。神子であることを忘れないこと。神子として、何をすべきか考えるべきだと思った。

教会に侵入し、現状を知る。そして、知っていくにつれて分からなくなった。そんな時だった。ルディエと同じ薬を飲まされ、処分されそうになっている者を見つけたのは。

何の表情も見せず、ただ言われたことをするだけの人形のようになった神子。それを見て、ルディエの中にあった憤りが再燃した。

「……お前は……許せるか……」

瞳が揺れた気がした。

救い出し、処分を命じていた者を手にかけた。これが『神官殺し』の始まりだった。

治癒魔法の適性のある子どもを手に入れるために、村を焼いた者。『無魂薬』と名付けられた薬を飲ませた者はもちろん、怪我を負わせ、金を強請る者も許さなかった。神官という立場を利用し、利益を貪る者は多く、更に戦争であの薬の失敗作をばらまいた者達も、見つけ次第潰していった。

一人手にかければ、神官は怯えて、次の行動を躊躇うようになる。国を跨いで動けば、一気に噂が広まり、また少し行動を躊躇う。そのお陰で、危うく連れて行かれるところだった子どもが、別の地で家族と生きられるようにもなった。

確実に変わっていく。それを実感することで、ルディエも行動することに躊躇いがなくなっていった。神子の力は封じられているような状態のため、ルディエは治癒魔法を使えなかった。けれど、助け出した仲間達は、命じれば治癒魔法を使うことができた。

約三百年。その間に、幾度も戦争を見た。その多くが、教会が、治癒魔法の有用性を示すために裏で糸を引いているものだった。だから、彼は神子達を引き連れて、戦場で多くの兵達を治療した。少しでも、神教国への恩を減らすために。

「おい。上官が倒れた。もう戦う必要はない」

時には、戦争を早く終わらせるため、手を出すこともあった。当然のように、神教会と裏で繋がっていた貴族は処分した。同時に証拠の書類を、その国の王の顔に叩き付けてやった。

そうしているうちに、いつの間にか職業に『暗殺者』が加わっていることに気付いた。

「もう……神子じゃないってこと……？」

空に問うても、返ってくるはずがない。

やがて、その答えが欲しくて、胸元で揺れる護符を握りしめて願うようになっていた。

「世界が変わったら、会えますよね……」

ゆっくりと、心が壊れていくのが分かった。三百年。それは途方もない時間だった。終わりが来ないことが、こんなにも恐ろしいことだと知らなかった。だから、より手にかけることに躊躇いがなくなった。これは慈悲なのだと。

そして、今日、ようやく求めてやまなかった神に出会った。

世界は変わっただろうか。あの優しい神が願う世界に、少しでも変えられただろうか。

自分はきっと罰を受ける。神子ではなく『暗殺者』になった自分は、きっと神が望まない存在になっている。神子ではなくなってしまったのだから。

「……これも因果応報(いんがおうほう)……か……」

今まで多くの命を刈り取ってきた。自分にもようやくその時が来たのかもしれない。

ぽつりぽつりと雨粒が落ちてくる。知らないうちに暗い雲が上空を覆っていた。涙の跡を洗い流すように上を向く。たった一人、惨(みじ)めにこの世から消え去る。そんなこと、考えたこともなかった。こんな最期を迎えようなんて、自分は何のために生まれてきたのだろう。

「……役に立ちたかったな……」

そう呟いた時だった。

《グルルル……》

ルディエよりも数十倍大きな魔獣が彼を捕捉していた。

Aランクの『ワームハウンド』だ。体毛のないつるりとした皮膚の凶暴な犬。上位種なのか、通常の個体よりも三倍は大きい。小さくとも獲物は獲物。決して腹の足しにもならないだろうに、魔獣が見逃すはずはない。食べられる時に食べなくては、彼らも生きてはいけないのだから。

「ふふっ……いいよ？　せめて、君の糧(かて)になってあげるよ。この体は毒かもしれないけどね……」

いっそ楽しげに、クスクスと笑いながら、飛び掛かってこようとする魔獣へ告げた。いくら不老不死であっても、噛み砕かれてしまえば死ぬだろう。

ルディエは、ゆっくりと目を閉じる。それが合図となって、魔獣が地面を蹴る音が届く。振り上げられる太い前足を感覚が捉える。

しかし、唐突に向かってくる魔力の気配を感じて、驚いて目を開けた。

「え……」

《ギャウッ》

何かに張り倒されたように、魔獣が横へと飛ばされて行ったのだ。

恐らく風の魔法だろう。前足を上げていてバランスが悪かったとはいっても、魔獣の巨体を十数メートルも吹き飛ばしたその威力に慄く。

魔獣の前足はルディエの髪を少しだけ掠めていった。そのことから考えると、技術の高い魔力操作を扱える術者だと分かった。一体誰が、なんて思ったりはしない。その人だと頭で理解していた。

「ダメだよ」

「っ……」

声が思わぬほど近くから聞こえてきたことに驚く。

目を向けてその姿を確認すると、足から力が抜けた。水に濡れてぬかるみ始めている冷たい土に素肌が触れても、何も感じない。

夢でも見ているのかと思った。

雨を弾いているのか、その人は全く濡れていなかった。そして、その人の後ろから駆け寄ってくる三人の男女。彼らにルディエは見覚えがあった。

「ルディエさま……っ」

呼ばれて大きく目を見開く。彼らを知っている。けれど、今の彼らは知らない。

「ど……して……」

その名を彼らから呼ばれたことなどなかった。人形のようになってしまっていた彼らは、言葉を話すこともなかったのだから。けれど、確かにそこに意識はあったのだ。

駆け寄ってくる彼らには表情があった。涙を流し、汚れるのも気にせずに膝をついて抱きしめてくる。

「もう大丈夫なんです……っ……助かるんですよ……っ」

それを聞いた時、もう涸れたと思った涙が溢れた。

何も感じないと思っていた体は、触れ合った人の体温を感じていたのだ。

そして理解した。この日、長い長い、終わりの見えなかった旅が終わったのだと。

特筆事項⑦　おかしな集団がやってきました。

昨日の夕方から降り出した雨は、次の日の早朝には上がっていた。

綺麗な青空とまではいかないが、程よく雲のある過ごしやすい一日になりそうだ。

「お待たせしましたっ。次の方どうぞ！」

今日もコウヤは元気良く仕事をこなしていた。

「よお、コウヤ。これ頼むわ」

「おはようございますグラムさん。はいっ、カードお預かりします」

グラムからカードと依頼用紙を受け取り、入力していく。

「先日の盗賊捕縛での追加報酬が出ていますので、その入金もさせてもらいますね」

「お、頼む。そういや、あれをやった犯人ってのは捕まえなくて良かったのか？　調査依頼とか出てねえが……」

盗賊達を全員、縄や紐で絡めて吊るしていた者がいるはずで、そのことをグラムは心配していたのだ。

「兵の方でも、まだ調査してねえみたいでな……まあ、あっちは先に盗賊達の処理があるから、後回しにしてるだけだろうがな。あれだけのことができるのは、結構な実力者だろう？　放置しとくのは危ねえんじゃねえかって、昨日も飲みながら話してたんだが……」

犯罪者を取り締まるのは、国に所属する兵達の役目だ。冒険者の方に調査依頼として出るとすれば少し先のことになる。だが、あまりにも異様な光景だったために、一緒に仕事をした冒険者達も気になっているようだ。

それを聞いたコウヤは、カードをグラムに返しながら目を何度も瞬かせていた。

「どうした？　なんか知ってんのか？」

グラムの問いかけに、コウヤはようやくそういえばと思い当たった。

「あっ、忘れてました。その犯人はもう判明してるんで大丈夫です。もういい子にしてますから心配しなくていいですよ」

「いい子って……コウヤ……」

ちょっと何言ってるのか分かんない、とグラムが弱ったように顔を歪めた。

「そうですよね。兵の方達にも報告しておかないとダメでした。教えていただいて助かります」

「お、おう……そんでいい子ってのは？」

「皆さん、とってもいい子にしてくれてますよ。ばばさま達が全員にゲンコツをお見舞いしてましたからね」

「……そうか……いい子になって良かったな」

「はいっ！」

グラムは真相を聞くのを諦めたらしい。寧ろ聞くのが怖くなったようだ。

コウヤは、力なく手を振りながら仕事に向かうグラムを見送る。

「お気を付けてっ」

仕事をしながら、昼には一度兵舎に顔を出そうと決める。犯人というのは、昨日捕まえた少年ルディエとその仲間達のことだ。彼らは今、回復した者から順に、滞在先を教会に移してもらっている。

ルディエだけは最初から教会のベニ達に預けた。昨晩のうちに薬も飲ませて、経過を見てもらっている。今朝も特に連絡がなかったので、問題はないはずだ。彼らの件はとりあえず片付いたと考えて良いだろう。

人が減ったので、今のうちに事務仕事を片付けてしまおうと、まずは書類整理を始める。

そこでふと、あの盗賊の根城となっていた所で見た、刻印術で彫られた石のことを思い出した。

「そういえば、あの石、どこから持ってきたんだろう」

彫り直してあったところを見ると、あれがどういうものかも知っていた可能性がある。そして、そこで思い出した。まだコウヤが幼い頃にやはり見たことがあったのだ。

「あの文字……おじさんが彫った神像の裏に刻んであったやつだ」

ベニ達が大事にしていた三十センチくらいの高さの神像。ばばさま達の古い友人である彫りもの師が作ったものだった。コウヤも、小さな鳥などの人形を彫ってもらった記憶がある。優しくて、面白いおじさんだった。

神像はゼストラークのものだけだったが、いつか、必ず四体並べられるようにすると言っていた。今思い出しても、実際に見て彫ったような、驚く程精密(せいみつ)で正確な神像だった。その後ろに、刻印術に使う文字が彫られていたのだ。

「飾りにしては変わってると思ったんだよね……」

その時は、刻印術なんて言葉さえ思い出していなかった。だから、変わった装飾が彫られているなと思ったくらいだったのだ。

「う〜ん。比べてみたい。パックンにあの石出してもらって、ばばさまに神像も見せてもらおうっ」

今ならば、何と彫ってあるのか分かるかもしれない。仕事が終わったら、早速ベニ達の所へ行こうと決め、コウヤは手元にある作業を再開した。

予定していた通り、コウヤは昼休憩の折に兵舎へ赴いた。丁度良く、盗賊の回収に行ってくれた隊長さんがいたので、端的に伝えたのだが、かなり戸惑われた。

「え、あ、はい？　あ～……ん？　どういうことだ？」

「ですから、盗賊を吊るしちゃってた犯人は、今はいい子にしてますから、捜索する必要はありません。一応、今は教会にいます」

一般的に、盗賊は捕まえたとしても、ほとんどが縛り首だ。更生の機会はまず与えられない。対応できるほどの余裕が人員的にもないからだ。もちろん、事情があれば、情状酌量の余地はある。はっきりと訴えて、酌量の余地があると確認が取れれば、死罪は免れることもあるのだ。

とはいえ、基本助ける選択肢はない。よって、盗賊を手にかけるのは罪にはならなかった。それに今回は、パックンが爆弾を止めたお陰ではあるが、盗賊に奪われた品も多くが戻ってきた。商人達は責めるどころか、お礼を惜しむことなく弾んでくれている。

ルディエ達の行いは、結果を見れば、盗賊を逃がすことなく捕らえていたことになるため、今回の盗賊に関することで罪に問われることはないはずだ。

領兵達が気にしていたのは、あのような異常な行動をする者の正体が知れないこと。万が一、住民達があああした被害にあったらと、心配していたのだ。よって、所在が分かれば文句はないだろう。

「そ、そうか……分かった。だが、一度教会の方には確認に行かせてもらうかもしれん」

「大丈夫ですよ。ばばさま達には、事情も話してありますから」

「……助かる」

隊長は物凄く何か言いたそうな表情をした後、無理やり頷いて納得してくれた。

「では、失礼しますね」

コウヤが兵舎を出て、ギルドの方に歩いて行くと、冒険者達が何やら騒ぎながらギルド前を通過していく。ギルド内からも何人か飛び出して行くのが見えた。

「ん？」

何があるのか、無意識のうちに、冒険者達の向かって行く方へ意識を向ける。どうやら、教会前の広場に人が集まっているようだった。ギルドの前まで来ると、薬屋からゲンが出てきた。

「ゲンさん」

声をかけると、広場の方を向いていたゲンが振り返る。

「おっ、コウヤ。休憩か？」

「はい。広場で何かあるんでしょうか」

「ああ。『黒の彫工師』って集団を知ってるか？」

集団と聞いて、首を傾げる。コウヤが知っている、その名を持つ者は、ベニ達の友人である彫りもの師のおじさん一人だけのはずだ。首を傾げたことで、知らないと判断したのだろう。ゲンが説明を始める。

「『黒の彫工師』って伝説の彫りもの師の弟子達だ。その時の気分で、崖やら橋やらにも彫る。そうすると、不思議な力が宿って、見るだけでも幸せになれるってんで、王侯貴族がこぞって大金を積んで彫像なんかを依頼するんだ。小さな人形でも、お守りになるって有名だぞ」

「へえ……」

そうなのかと、素直に感心するコウヤ。だが、そこで察した。

「あ、刻印術っ」

「ん？」

思わず声を上げる思い付きだった。伝説の『黒の彫工師』であるコウヤの知るおじさんは、刻印術を彫像や彫った物に付けることで、本当に何らかの効果があるようにしていたのではないか、と思い至ったのだ。きっと、この推論は正解だろう。

「ううん。あ、でも、その集団は違う気がするな……」

「何がだ？」

完全に独り言になっていたコウヤは、ゲンに尋ねられて答える。

「その『黒の彫工師』です。あれは、冒険者にもある、個人の二つ名みたいな感じなので」

「だから、広場に来てる連中の師匠がそうなんだろ？」

「あの人は、弟子は取らないって聞きました。あの技術は多分、広める気がないんだと思います」

「……知ってんのか？　いや、だが、伝説だぞ？　百年も二百年も前の」

「ん〜、なら違うのかな？　でもばばさま達が友人を『黒の彫工師なんて呼ばれてる彫りものバカ』って言ってたんですよね〜。腐れ縁だとかも言ってたので、もしかしたら……」

ゲンは、困惑した表情を見せながらも、これを聞いていた。そこで、広場からざわりと大きな声が聞こえた。さすがに気になって、コウヤとゲンは一緒にそこへ向かった。

広場の真ん中。そこでは、十数人の黒い同じ服を着た人達が、レンスフィートとベニの前で喚(わめ)いていた。

『我々は『黒の彫工師』なのだぞっ。断ると言うのかっ」

彼らを囲む人集(ひとだか)り。こそこそと後ろの方で話していた冒険者によると、彼らはレンスフィートに売り込みに来たらしい。

この広場の中央に、象徴となるような彫像をと勧めていたという。

「自分達の作品なら、町の守りになるって話をして、教会よりも恩恵があるとか言ってたぜ」

「そんで、金の話になったんだが、それがさあ……すっげぇ金額だったんだよ」

「なんか、貴族や王族も贔屓(ひいき)にしてる自分達が、わざわざこんな辺境まで来てやったとか、恩着せがましく言っててさ～。感じ悪っ」

祖父母、両親、子どもの五人の一般家庭が三つほど、丸っと一年は遊んで暮らせるくらいの金額だったらしい。石の彫像ならば、数代は保つ。だからこそ高値が付く。自分達の作品ならば尚更だと話したらしい。

「それに、教会に世話になる奴らが少なくなると思えば、安いもんだろって」

これに、ゲンが思い出しながら補足する。

「そういや、『黒の彫工師』って、教会嫌いで有名だったよな。だから、教会にはいくら積まれても神像は作らんって」

「あ、俺も聞いたことあるわ。どっかの王が依頼したけど、教会に持って行かれたら嫌だからって、断ったらしいぜ」

「触ると病も治るって話、本当なん？」

「崖とか橋とか、家の柱に彫ってもらうと、崩れなくなるって話とか」

「それは本当っぽいぞ」

そんな逸話は各地にあり、冒険者達は詳しかった。

レンスフィートは、金額の高さや、今はベニ達がまとめる教会ということもあり、はっきり断ったらしい。それで先ほどのような居丈高な言葉がいくつも出てきたようだ。周りに集まった住民や冒険者達も、レンスフィートが断ったならと、帰れコールを始めたため、更にこじれた。

「司教様が騒ぎに気付いて出てきてさ。騒がしいって、笑いながら」

「うん。ばばさまなら笑うと思う」

本物を知っているのだ。ここにいる彼らがどれだけの実力を持っているかは知らないが、間違いなく最高峰の彫りもの師を知っている彼女からすれば、何を言ってるんだと呆れるだろう。それも、その人の二つ名を騙っているのだから、鼻で笑っても良いくらいだ。

そして、現在。

「あんたら、本物の『黒の彫工師』？を知らんやろ」

ベニの言葉にちょっと苦笑が入ったのは、稀代の彫りもの師本人さえもこの二つ名を認めていないと知っているからだ。

「何を言っている？　伝説となった彫工師様は、もうこの世にはいらっしゃらないっ。だから我ら、その技術を受け継ぐ者がいるのだっ」

「あやつは、弟子は取らんよ。人の面倒など見られるような性格しとらんでなあ」

「……はっ、年寄りの戯言（ざれごと）に耳を傾けた私が愚かだったな。行くぞ。このような礼儀も知らん田舎者の町など、我らには相応しくなかったのだ」

ここで、一気に周りが殺気立つ。それを感じて、コウヤは手を叩いた。

「はいはい。皆さ～ん。もうお昼ご飯は済まされましたか？　お腹が空いていると、イライラしますよね～」

トゲトゲした空気は、一瞬で吹き飛ぶ。

「コウヤ……まあ、そうだな。出てくってんなら放っとこうぜ」

近くにいた冒険者がそう言うと、他も動き出す。

「だな。レンス様～っ。俺らがこいつら外に送ってくんで、大丈夫っすよ」

「司教様も、お昼ゆっくりしてくだせえ」

十数人の古株（ふるかぶ）の冒険者達が、ぞろぞろと出て行き、その集団を囲んだ。

「なっ、なっ、なんだお前達っ」

「まあまあ、落ち着いて。荷物はあるか？　おい。この方々の宿はどこだ？」

あくまで笑顔で、周りに声をかけると、すぐに一人の快活そうな女性が手を挙げる。

「ウチだよ！　荷解きはまだしてなかったはずさね。すぐに荷物をまとめるよっ。あんたら、手伝っておくれっ。お金も返さないとねえ。ああ、馬車もすぐに回すから。東門でいいね」

女性が自分の周りに居る住民達に声をかけ、引き連れていく。おばちゃんは決めたら行動が早い。

そして、ユースールの住民達の団結力は凄かった。

「っ、なんだと!?　お、おいっ、お前達、何をする気だっ」

冒険者達が囲む範囲をぐっと狭め、そのまま歩き出したことで、進まずにはいられなくなった彫りもの師達は、怯えた表情を見せながらも気丈に振る舞おうとする。しかし、冒険者とは明らかに体格の差があり、彼らは身動きできず、歩みを止めることもできなかった。

「あんたら、昼飯まだだろ。けど、出るなら今から出ねえと、野営地まで辿り着けんからなあ。よし、奢ってやるよ。弁当持ってけ」

「俺らも出そう。お〜い。そこのガキ共。これで先に行って東門前の赤屋根で、買えるだけ買ってきてくれや」

「いいよー」

「何人？　値切っていっぱい買ってくるねっ」

「あっ。これなら、夜の分も余裕で買えるよっ。きちんと包んでもらってくるから任せてっ」

少しずつ子ども達が冒険者達からお金を預かり、走って行った。その速さはかなりのものだ。

「おーい。ぶつかんじゃねえぞー」

「あいつら、ま〜た速くなってねえか？」

「もう、俺らでも追いつけなくね？」

「……」

まさに風の子である。それを冒険者達の体の隙間から見ていた彫りもの師達は唖然として見送る。

「は〜いっ」

「そんなヘマしないよっ。気配読めるもんねっ」

「コウヤ兄ちゃんと追いかけっこした成果を見せてやるよっ」

このユースールに生きる子ども達は、スペック高めだった。

「あいつ、あんな足速くなってどうすんだ？　花屋継ぐんだろ？」

「それ言ってやるなよ……追っかけてったのも全員、兵にならん奴らだからな？　先頭のは道具屋と細工師だぞ」

「動かねえじゃんっ。もったいねっ」

広場に残っていた冒険者達が、子ども達の将来を不安がる。そして、一般住民達は笑っていた。

「花屋んとこの坊は、えらい力もあるよなあ。この前、荷物運んでもらったわ」

無意識に身体強化も使い始めているため、大人でも苦労する荷物を持てるようになっていたりもする。見た目は細い子なので、最初はかなり驚く。

「道具屋んとこのは、可愛い女の子だと思ってたら、この間、外から来た露天商(ろてんしょう)相手に、物凄い値切り合戦してたぞ。あれは将来、おっそろしい女になるで」

「それ言ったら、細工師んとこの倅もだ。計算が速いらしくてな。商業ギルドで帳簿付けの手伝いしとるそうだぞ。あれは、職員に引き抜くつもりだろうさ。親父がこの前、頭抱えとったわ」

思うことは冒険者達と同じ。将来、能力を持て余すだろうと不安がる。能力があり過ぎて不安になるとは可笑しな話だ。

殺伐とした雰囲気から、一気に和やかになった昼下がり。人々は三々五々散っていった。

その翌日。

前日の夕方までに、安全な野営地まで来られた彫りもの師達は、やり込められた不満を抱きながら、次の町へと向かう準備をしていた。

あの後、冒険者達があのまま野営地まで護衛してくれたのだ。しかし、感謝の思いなどない。本来なら今頃、領主邸に迎え入れられて、ゆったりとメイドの淹れたお茶など飲んでいたはずだ。

「忌々しいっ。価値も分からぬ田舎者共めっ」

「本当ですね。我々をなんだと思っているのか」

「仕方ないのではありませんか？　私達の本当の価値が分かる者は少ないのですから」

彼らは、自分達の彫刻に力が宿ると信じている。技術を受け継いだ師匠も、そのまた上の師匠も、それを信じていた。何より、自分達が本当に『黒の彫工師』の弟子に連なる者だと信じて疑わなかった。彫りもの師としての力は確かに持っている。けれど、同じ技術レベルで、同じことが可能かと聞かれれば、まず不可能だ。彼らは、本物の実力を知らない。

だから、今目の前にある切り立った崖を見て、思うのは、『黒の彫工師』ならば、そこに何かを彫ろうとするだろうということだった。

「良い崖ではないか。どうだ。ここであの田舎者共に我々の腕を見せつけてやろう」

「それはいいですね。間違っても、所有権を主張されないようにしなくてはなりませんが」

「あれだけの大人数が我々を拒絶したのだ。言い逃れはできないでしょうよ」

プライドは高いが、それだけ自分達の技術に自信を持っているということだ。彫りもの師としての誇りも持っている。美しい木目を見たり、何かに見える石を見つけたりすれば、そこに作品をと思うのは、おかしなことではない。

その崖は、野営地に面している。何かあった場合の避難もできるように、柵の扉を付けた洞穴が中央に大きく開けられていた。洞穴の部分はきちんと硬化の魔法で処理されているため、安全だ。

冒険者ギルドが管理する野営地は、使用する冒険者達が魔物や魔獣避けの香を焚くため、その臭いが染みついている。その上、定期的に周りの魔獣達を狩る依頼を出すため、確実とまではいかないが、かなり安全な場所になっているのだ。よって、わざわざ護衛を雇う必要もなく、作業に集中することができると考えた。

一行は洞穴を挟んで左右に分かれ、ここに素晴らしい装飾を施して見せつけてやろうと、その崖の下で、それぞれが彫刻を始めた。

彼らは知らなかった。この地では前々日の雨の影響がまだ残っていたのだ。洞穴のための硬化魔法が効いているために、今まで無事だっただけで、周りは崩れやすくなっていた。

昼も過ぎ、日が傾き出す頃。商隊がその近くを通りかかる。彼らはその異変に一目で気付いた。

「おいっ！　危ないぞ！」

「は？」

彫りもの師達は、作業に集中するあまり、気付いていなかった。その崖が、彼らが削ったことで脆（もろ）くなり、崩れようとしていたのだ。

「え……」

自分達の彫り物は、崖崩れなど起こさせない力を秘めたものだと信じて疑わなかった彼らは、頭上から、今まさに崩れようとする物を認めることができなかった。

気付いた商隊の護衛をしていた冒険者達が、魔法を使いながら駆けつけるが、自分達も巻き込まれることになった。

「くっ、おいっ、しっかりしろっ」

「大丈夫だ。完全に埋まった奴はいねえ」

今すぐに掘り出さなくてはならない者は幸いいないが、片足や半身が半ば埋（なか）まった者はいた。

「旦那（だんな）っ。そのままユースールに行って、冒険者ギルドでコウヤに話をしてきてくれっ」

「分かったっ。何とか頑張ってくれっ」

この音を聞いて近づいてくるかもしれない魔獣の相手をするために、半数の護衛を残し、商隊は急ぎユースールへと馬車を走らせた。

「っ、なぜ……なぜ、我々の、我々の技術は……っ、こんなこと、あり得ない……っ」

彫りもの師達は痛みに耐えながら自問し、絶望していった。

特筆事項⑧　緊急依頼を出しました。

その報告が来たのは、丁度コウヤが仕事を上がろうとする頃だった。

定期的にユースールへやって来る行商人の男が、冒険者ギルドに息せききって飛び込んで来たのだ。

「しっ、失礼します！　やっ、野営地の近くの崖が崩れてっ、怪我人がっ」

これを聞いて、すぐにコウヤが声を上げる。

「すぐに緊急依頼として処理します！　行っていただける方は、緊急窓口へお願いします！」

報酬がどこから、どれだけ出るかも決まっていない状態では、本来依頼など出せない。

だが、時間との勝負となる場合、緊急の依頼として仮に登録しておき、あとでギルドが関係者や時には領主、国と掛け合って報酬を用意する。人数制限はこの際かけない。

冒険者達もそれほど報酬が出るとは思っていない。それなら、低くても時間短縮のために人手を募る方が良いと考えるのだ。

「き、緊急依頼!?」

フランが思わず驚きの声を上げる中、ベテランの職員の二人が、迷うことなくその窓口に入った。

「え？　えっ？」

彼女が戸惑うのも無理はない。他のギルドには、緊急依頼を正確にすかさず出せる者などいないだろう。誰だって、報酬が出せないかもしれないと迷うはずだ。特に人命救助の時。過去にこうして緊急依頼が出されたが、報酬が出せずに冒険者達が暴動を起こしたことがあったらしい。

それなのに、コウヤは迷わず判断した。それも、ギルドマスターの判断も仰がずに。しかし、緊急依頼については、誰が出しても良いと規定にあるため、問題にはならない。誰もやらないだけだ。

「マスターに報告をお願いします」

「はいっ」

職員の一人がコウヤに言われ、はっとして駆け出していく。以前なら、ギルドマスターに報告だってする必要がなかった。たとえ報酬が出ないとしても、コウヤの責任だと言って彼らは無関心だった。だから、コウヤもそういえばと今気付いたのだ。

依頼への登録は、特別な魔導具にカードをタッチするだけ。駅の改札口のように、冒険者達は次々にそれにタッチしていき、そのデータが窓口の二人の手元にある魔導具に送信されてくる。

職員達は、登録されている冒険者の情報と照らし合わせ、リストを作っていった。誰をリーダーとするのかというのも、それで選別していく。

コウヤは、座り込んでしまった商人に手を貸し、用意した椅子に座らせながら、事情を聞いた。

「事故に遭われたのは、冒険者ですか？」

「い、いいえ。あ、あの服装は……彫工師の方々です。黒の」

「えっ」

あの人達かと思い出す。

「それと、私の護衛の冒険者達が、助ける時に巻き込まれまして……」

「分かりました。このまま、落ち着くまでここで休んでいてください。すみません。この方に飲み物を」

「は、はいっ」

こうした対応に慣れていないのだろう。呆然と立ち尽くしていたマイルズ達異動組に目を向けて伝えれば、慌てて動き出していた。

このユースールでは、他では見ないような強大な魔獣や魔物が街道に出たり、小さな魔獣達でも大量発生したりする。薬草の群生地や森を守るため、あえて道の整備をしていない場所もあるので、時には今回のような崖崩れや、事故も起きる。道にほとんど迂回路がないため、そうした場合、緊急依頼としていち早く解決する必要があるのだ。

他の町では、そうしたことも稀なのだろう。街道も一つではないので、急ぐことでもないとのんびり構えるのかもしれない。

大人数で動く場合、冒険者達は連携が取れないという事情もある。ギルドが指名したとしても、誰がリーダーになるかで揉めたり、パーティ同士で仲が悪かったりする者が多い。これによって、急ぐべきところで逆に時間がかかってしまう。

それよりもと、ギルドが後日、指名依頼によって対応することが一般的なのだ。そうした事情を知っているため、マイルズが近づいてきて不安そうに確認する。

「いいんですか？　あんな大勢で行っても、きっとまとまらないですよ？」

商人に水を持って来たセイラもそう思ったらしい。

「救出になるんですよね？　逆に時間がかかるんじゃありませんか？」

現場で揉めることになると心配したのだ。

だが、コウヤはこのユースールしか——有事の時には一致団結して動いてくれる冒険者達しか知らないのだ。

「手は多い方がいいですし、早いと思うんですけど？　あ、ここは任せてもいいですか？　俺は教会に行って、ばばさま達を呼んでくるので」

「教会って……」

怪我人が出た時に、一番やってはいけない対応ではないかと、マイルズ達が顔を青ざめさせる。混乱のあまり、今の教会の姿を忘れているらしい。以前の教会だったら、コウヤも声はかけない。莫大な治療費だけでなく、派遣費用もかなりふっかけられるのが分かり切っているからだ。

そこで、鑑定部署にいたダンゴが駆けつけてきて提案した。

《きょうかいには、わたしがいくでしゅ》

「いいの？　助かる。お願いね」

《まかせるでしゅっ。いまのあそこなら、いけるでしゅ》

お願いされて嬉しいという表情で、ダンゴはふわりと空中に浮き上がると、姿を消した。

「え、転移できるの？」

迷宮内でしか転移できなかったはずのダンゴだが、神子もいる今の教会は、神の力も正しく届く神聖な場所となっているため、そこに転移が可能となったようだ。鑑定部署で働き出したことで、コウヤ以外との念話もできるようになった。

コウヤはそれなら問題ないだろうと判断する。ダンゴの気配が確かに教会へ移動したことを感じ取ると、それなら次はと算段(さんだん)を付けていく。

「あとは、この時間だと野営になるから……」

あちらで救出作業をすると、すぐに夜だ。灯りと野営の用意がいる。冒険者達には、まとまったらそのまますぐに向かってもらうため、それらの用意はあとから追いかけることになるだろう。

そこに、領兵の隊長が飛び込んできた。

「失礼する！　崖崩れの件、第三部隊を半分出すことになった。同行させて欲しい。馬車も出せる」

これには、今まさに出発しようとしていたグラムが手を挙げて答える。

「おっ、第三の隊長さんか。俺らは先に行くから、ついて来られるのだけ数人一緒に頼む。ちょい足に自信ないやつは……」

目を向けられたコウヤが頷いて、続きを引き継ぐ。

「あとから野営のための物資を届けてください。あと、回復薬とかは……」

《あるじ～(^o^)》

跳びはねながら、パックンが外から入ってくる。
《クスリ、ゲンさんからあずかってきた》
いつの間にか薬屋へ行っていたらしい。
《たいりょくと～》
《まりょくかいふくけいをおおめに(^_^)v》
ゲンは、緊急依頼だと外に呼びかけに行った冒険者達に事情を聞き、ベニ達に応援を頼むことを予想したらしい。怪我を治す治療薬ではなく、あえて体力回復薬と、魔力回復薬をパックンに渡したようだ。あちらでは、魔法によって土砂を移動させたりもするため、この選択はとても助かる。
「ありがとうパックン。グラムさん、パックン連れて行ってください！」
「え？　あ、分かった」
《よ～し(^o^)》
《いくぞ！　やろうども～っ!!》
「お、おう？」
「「「「おおっ」」」」
ノリの良い冒険者達が一致団結した。
パックンはすぐにグラムの背中にくっ付く。コウヤにやるように、ベルトに体を引っかけたのだ。
《せなかをはいしゃく》
「んん？　なんでか言ってることが分かる？」

不思議な感覚を覚えながら、グラムが首を傾げる。パックンの会話は、念話も混ざっているのだ。そして、唐突にグラムの体が一瞬、浮き上がった。

「は？」

それは、パックンから出された風の魔法の力。次に、ちょっと浮いたままのグラムが、結界で囲まれる。コウヤがあっと思った時には遅かった。

《ジェットふんしゃー!!》

「のわぁぁぁぁっ!!」

「グラムのアニキ!?」

「まっ、待ってくれっ」

グラムがギルドを飛び出し、平行移動しながら道を凄い速さで進んでいく。器用にちゃんと人を避けていた。それを、冒険者達と隊長が慌てて追いかけていった。

「……パックン……」

そんなことができたのかと、コウヤは少しの間呆然とした。しかし、すぐにやらなくてはならないことを思い出す。

「あっ、物資、物資っ、積み込みっ」

バタバタと動き出すコウヤ。それにつられて、同じように呆然としていた職員達や、後続で向かうことになる冒険者達も慌てて動き出していた。

◆　◆　◆

教会に転移したダンゴから事情を聞いたベニは、セイとキイに事情を話し、では行こうかと椅子から立ち上がる。しかし、そこでルディエが部屋に顔を覗かせた。

「それ、行く」

仏頂面でそう告げたルディエを見て、ベニ達は目を丸くする。

「おや。もう起き上がっていいんか？」

「おやおや。懐かしい」

「やっぱりええ色やねえ」

ルディエは、ふて腐れたように口を尖らせながら、銀の髪を一つまみして呟く。

「薬を飲んで、一晩寝て起きたらこうなってた……元の色に戻るなんてあの薬、無茶苦茶だよ」

体が軽くなったと感じただけでなく、くすんだ薄く赤みがかった金髪が、元の色に戻っていたのだ。そして、まさかと驚きながら鏡で確認したところ、瞳も元の金の光を宿す色になっていたのだ。

それが満更でもないらしく、目元は少し照れたように緩んでいる。

「そんで？　ついて来るんか？」

「うん……神子に戻ったし……治癒魔法がちゃんと使えるか確認したい……から……」

封印状態になっていた神子の力。それが解毒薬によって復活した。使えなくなっていた治癒魔法も、使えるように戻っているはずだ。それをルディエは確認したかった。

「なるほどなあ。ええよ。なら、一緒に行くかね」

「……うん……っ」

長年で変わってしまった性格はすぐには戻せない。素直になり切れない様子のルディエに、ベニ達は密(ひそ)かに笑った。

それからベニは、テーブルの上のダンゴへ目を向ける。

「ダンゴちゃんはどうするね」

《いっしょにいきましゅ。なんだか、そこに、きになるけはいが、ちかづいてるんでしゅ》

「ほお……」

目を細めるベニ。しかし、すぐにいつも通りの様子に戻ると、ダンゴに手を差し出した。

「掴まってられるかい？」

《だいじょうぶでしゅ。かたをおかりするでしゅ》

ベニがどう移動するのか察したダンゴは、肩に乗ってしがみついた。

「さて、行くよ」

「うん」

ルディエに声をかけ、ベニは教会を出る。そして、すぐに駆け出した。それは、昨日の子ども達の走りも目ではない。気配も断ち、スイスイと人々の間を抜けていく。それに、ルディエも問題なく追従(ついじゅう)した。

「よお精進したねえ。ええ走りやわ」

「……その見た目で、なんでこの速さで走れるのか、こっちの方がびっくりだよ……」

「年寄り扱い禁止だで」

「自分で『年寄りは労れ』って、言ってなかった？」

「小っさいことを気にするでないわ。だから小っこいままなんやないか？」

「小っこいって言うなっ。そっちだって、ちっさッ」

言葉の途中で、ルディエに拳が飛んできた。

「おっと、羽虫がおったわ」

「っ、あっぶなっ。虫払うのになんで手え握ってんのっ⁉」

「開くの忘れたんよ」

「忘れる⁉　忘れないでしょっ。当たってたら鼻血出てたよ⁉」

「それこそ治癒魔法の練習になるやんか。どうや？　いっとくか？」

「いかないよっ。何その、仕方ないから相手してやろうかって顔っ。それっ、その顔っ、訓練だって言って、メイス振り回して来た時の顔だっ。そのあとやり過ぎて巻き込まれた神官達の治療、全部僕に押しつけたよねえっ。忘れてないからねっ」

自分だけすっきりした顔で、これも訓練だと任せて帰って行った時のベニの顔は忘れていないと続けた。

ベニの肩にしがみついているダンゴは、このやり取りを見てこぼす。

《なかよしでしゅね……》

念話で届けようとした声ではないので、これは誰にも聞こえなかった。

ベニ達は、東門を通過するため、そこで速度を落とした。気付いた門番の青年が挨拶をしてくる。

「あ、司教様。何かご用で……」

まさか、子ども一人とこの町の司教が、護衛もなく二人だけで町の外に出るとは思わない。だから、そのまま出て行く二人を見て混乱し、言葉をなくしていた。

「事故現場へ応援に行ってくるよ」

「……え？」

そう青年が声を出す頃には、ベニとルディエは再び走り出していた。

「はぁ～、それで、何の話をしてたかねえ。おや、夕食に良さそうなのがいるじゃないか」

「夕食って、こんな所で倒しても持っていけないよ」

視界に入ったのは、リングボアという猪（いのしし）の魔獣。名前の由来は、その体に出る模様。丸いリング模様が出るのだ。可愛らしい模様なので、皮は貴族にも人気が高い。

かなり足が速いが、それほど凶暴な性格ではないので、手を出さなければまず追っては来ない。それでも敵と判断すればどこまでも追ってくる上に、突進すると岩も砕けるというほどだ。

Bランクの冒険者パーティでやっと狩れるというもの。肉も美味しく、人気もあるが、あえて喧嘩を売るバカはいない。あまり狩られることがなく、個体は大きく育つ。

そのリングボアが、ただ悠然と森の中に佇（たたず）んでいた。

「なら、近くまで持っていくかね」

「……はあ!?　まさかっ……!!」

「ほれ」

ベニは、挑発するように、風の球をリングボアの足下に数個放った。

《ブフッ、ブフォォオオォ!!》

当然、怒ったリングボアは追って来た。

「おお。狙い通りだわ。ひゃっひゃっひゃっ」

「ちょっとっ、その顔っ、その笑い方っ。集会の時に司教達のカツラ吹っ飛ばした時とおんなじっ」

「あぁっ、懐かしいねえ。あの時も狙い通りだったわっ。いやあ、アレはケッサクだったねっ。一列に並んだ奴ら全員カツラとかっ。どれが誰のだったか分かんなくなって、取り合いし出した時の奴らの顔といったらっ」

あの時と同じように大爆笑するベニ。

その日のことはルディエもよく覚えている。特別な集会だから、お前らは裏で掃除していろとベニ達は言われていた。まだ幼かったルディエだけは、祭壇の近くに用意された椅子に座らされての参加だった。何をしているのかも分からないような退屈な時間。そこで、裏からベニ達が仕掛けたのだ。端に座っていたルディエは見ていた。

一列に並んで、それぞれの派閥の代表である司教達が、何やら発表をしていたところでそれは起きた。カツラなんてものは、お金に余裕がなければ手に入れることはできない。司教達は当然、お金があるため、それを持っていた。

一斉に吹き飛んだ後、集会が滅茶苦茶になって、右往左往する司教達を指さしながら三人はケラケラと笑っていたのだ。確かに滑稽な光景だった。

拾おうとするカツラを狙って、また風で飛ばし、誰だと怒り狂う司教達には笑うしかなかった。派閥のそれぞれが疑い合って、その後、殴り合いにまで発展していったのは、きっとベニ達の狙い通りだったのだろう。

そして今、煽るように追ってくるリングボアに、時折風をぶつけて笑うベニ。それを見て、ルディエは思った。

「変わってないっ……全然、変わってないっ」

「ひゃっひゃっひゃっ」

三百年ほど経った今でも全く変わらないことに安心したいのに、どうしても不安が募る。だが、それがベニ達だったなと、ルディエは嘆息するしかない。呑気に昔を思い出しながら走っているが、実は追いつかれそうでギリギリだった。

しばらくすると、前方を走る馬車が見えた。

「ねえ。このまま行くと、あの馬車が危なくない？」

並んで走るルディエとベニの後ろには、きっちり同じ速度で走ってくるリングボアがいる。その巨体が横をすれ違うには、少し道幅が足りない。

「ちんたら走って、邪魔やわ～」

「あれでも馬車にしたら速いよ」

「もっと死ぬ気で走らせんかい。調教が足りんなあ。牽いとんの、ティアホースやろ。もっと速度出るで？」

ティアホースは一般的な馬よりも小柄だ。けれど、身体強化の魔法も使えるれっきとした魔獣であり、乗れば鹿のように岩場も跳んで進める。足の速さもかなりのものだ。それが二頭で馬車を牽いている。重さがあるとはいえ、普通の馬車より倍近く速くなっていた。

「どこのと比べてんの？　どうせ昔の知り合いでしょっ。時代が違うって認めようよっ。あと、絶対その知り合い、まともじゃないから！」

「失礼な子やねぇ。ちょっと変わり者が多いだけさね」

拗ねたように口を尖らすベニ。その間に、馬車が目前に迫っていた。

「それで？　これ、どうすんの？」

「どうって、このままや。お～い。速度上げぇ」

ベニが声をかけたことで、御者が気付く。二度見では認識し切れず、もう二度見返している。そして、見る間に真っ青になって、必死に鞭をしならせる。少しだけスピードが上がった。

「ほれっ、野営地まで頑張んな～」

ティアホース二頭に、ベニは聖魔法をかける。セイが、ルディエを追いかけた元無魂兵達の補助にかけたものと同じだ。更にスピードが上がる。

「ある意味酷い……」

本当に全力で走らせるつもりなのだ。スパルタ教育も健在なんだと、ルディエはティアホースに同情した。

「野営地に着いたら、アレの相手をするからね。その間に、回復させてやりな。それも練習が必要やろ？」

「するけど……したいけど……っ」

ベニは恐らく、暴れたいだけだ。ルディエには分かった。

そして、野営地に着く。

「ほれ、安全な所に先導しな」

《ここはきけんでしゅね……》

ダンゴがベニの肩からふわりと飛んで離れるのに、二人は気付かなかった。そのままフワフワと飛びながら、野営地を目指す。

「……分かったよ」

ルディエはぶっきらぼうに告げ、仕方なく足を速めると、ティアホースの横に並んで、御者に声をかけた。その際、少しだけ聖属性の回復魔法をかけた。治癒魔法とは違い、体力の回復を少しだけ早めるものだ。

「このままだと巻き込まれる。迷惑だ。ついて来て」

「わっ、分かりました！」

必死の御者。腕は良いらしく、きちんとティアホースを制御して、ルディエについて来る。

かなり距離を取ってから停車させると、ベニがリングボアの頭に、かかと落としを決めるところだった。そのまま地面を抉りながらリングボアの巨体が転がる。少し弾むほどの衝撃で、土煙も高く上がっていた。

野営地を利用していた者や、先に来てここで留守番をしていた冒険者達が唖然とする。救出作業を始めていた冒険者達は、少し距離があって確認できなかったようだ。

そこに、ダンゴが静かにルディエの肩に降りたのだが、それにもルディエでさえ気付かないほどの衝撃的な光景だった。

助けようなどとは夢にも思わない。ベニは、今や服の下に隠し持っていたメイスを、楽しそうに振っていたのだ。ガンガン殴られて、そろそろリングボアの頭は、地面深くに埋まるところだった。

◆　◆　◆

ついにリングボアが動かなくなったあたりで、デリバリースクーターに乗ったコウヤが、タリスと共に到着した。

「ばばさま？　それ……」

呆然とするのも当然だと、ルディエや見ていた者達は思った。信じられないものを見てしまったという顔になるのも分かる。親のように慕っている相手ならば尚更だ。困惑した表情で不思議な乗り物から降りるコウヤに、どう声をかけようかと誰もが迷っていると、先にコウヤの方が口を開いた。

「夕飯用だよね？　ボア肉はカツとか……生姜焼きも良いけど、肉巻きも捨てがたい……」

「……」

真剣に悩んでいる内容は、どう聞いてもこのリングボアをどうやって食べようかというものだった。今度は違う意味で声をかけ辛い。

「コウヤちゃん……美味しいの食べられそうなのは嬉しいけど、もっと他にあるよね？」

誰もが言いたかったことを、タリスが口にしてくれた。

「え？　何かありました？　あっ、設営ですねっ。すみません。すぐに始めます」

場所の確保に走り出したコウヤに、ルディエもすぐには反応できなかった。タリスだけがボソリと呟く。

「うん、それじゃないんだけど……そっか、おかしいことじゃないんだね……あ、ボク、現場見てくるから」

老婆がその体の何倍もある大きな魔獣を撲殺することも、コウヤにとっては見慣れた光景なのだとルディエ達も納得した。

「コウヤ、は忙しいかね？　そこの若いの。これの解体頼んだよ。ほれ、お前は行くよ」

ベニは、ほぼ埋まった状態のリングボアを、野営地の設営の手伝いで来たであろう若い冒険者達に任せたと言って、ルディエを呼び、さっさと歩いて行ってしまう。

「分かってる……けど、そこ丸投げするんだね。そんな予感してたけど……」

予想はしていたと、呆然と巨大なリングボアに目を向ける若者達から目を逸らし、ルディエはベニの後を追った。その肩の上からダンゴも気の毒そうな目で見ていた。

「え、お、俺達？　どうやんの？」

「知らない……いつも解体屋のオヤジさんに任せるもんなあ」

「どうすんの？」

「これ、あの人が戻ってくるまでに解体できてなかったら怒られない？」

「……」

「……やべえ……」

真っ青になった青年達に気付いたわけではないが、コウヤが彼らに声をかける。

「あっ、そのリングボア、そっちに板を用意するので、運んでもらえます？　もうすぐ、解体屋のオヤジさんも来ると思うので」

「えっ、お、オヤジさんくるの⁉」

青年達は、希望を見出したと目を輝かせた。

「はい。緊急依頼の時の食事は、予算と運搬の関係で、ほぼ現地で調達することになるので、声をかけておきました」

大きな獲物の時も、現場で解体して持って帰ることになるので、可能な限り解体屋のオヤジさんには声をかけるようにしている。コウヤが個人的に声をかけているだけだが、これで断られたことはない。青年達は冒険者になって一年未満なのだろう。緊急依頼自体が初めてだったようで、知らなかったのだ。

「コウヤすげえっ!!」

「神っ、神対応っ」

神と呼ばれて、少しびくっとしたのが青年達にバレることはなかった。

「えっと。とりあえずここに……移動お願いしますね」

コウヤは、解体に使う台になる板を数枚出し、並べて置いた。

「おうっ」

「あ、そういえば、埋まってたんだったな……」

「これ、掘り起こすのか……」

頭の部分がほぼ埋まっている。そこに巨体だ。これは一苦労だと、若者達は顔を見合わせる。そこで、あまり時間はないとコウヤは注意するが、間に合わなかったようだ。

「早くしないと、オヤジさんが来て……」

「ホォオオオッ。リング、リング、リングボォオワァアッ、ハァアアアッ」

「「ひぃっ」」

「来ちゃいましたね。オヤジさん。お願いします」

いつもは、討伐前に到着するため問題はなかったが、到着した途端にそれが目に入ったオヤジさんは、お仕事スイッチが入ってしまった。

「任せろヨォッ。解体っ、カイタイ~ヒィイッ、ヤァアッ」

青年達には刺激が強かったらしい。

「「「ぎゃぁぁぁっ」」」

二本の大きな包丁を持って突進してくる解体屋のオヤジさん。その後ろでは、お弟子さん達が急いで馬車から降りてくる。

「ちょっ、師匠っ。速いっ。切り替えも早いっ。外なんだから、手順っ、手順気を付けてっ。血の臭いで魔獣が集まって来ちゃいますから！」

準備が間に合わない。

オヤジさんは生きている魔獣も解体対象として見るので、突然襲ってきたとしても、あっさり撃退できる。冒険者に登録していたら、文句なくAランクの実力はあった。

だから、寧ろ血の臭いで寄ってくる魔獣がいるのは望むところだった。とはいえ、ここは共同の野営地。それをやってもらっては困る。

「あ～、そこのお兄さん達。手伝ってください。押さえてるんで！　ささっとそっちに移動させてください！　ちょっと師匠っ、落ち着いて!?」

弟子達がオヤジさんを囲んで取り付き、押さえにかかる。かなり賑やかになったが、それはもうお任せしたということで頭を切り換え、コウヤは次の算段に入るのだった。

崩落した崖の下では、冒険者達が土砂を掻き出し、魔法師達が未だに少しずつ落ちてこようとする土砂を必死で留めていた。

グラムと共に先発隊として到着していたパックンも、さすがにこの土砂全てを呑み込むということは無理だ。岩のように、地面と同化しているわけでなければ、どれだけ大きくてもいけるが、今回のような状態では、上手く取り込めない。それでもパックンはとても頼りになった。

《かいふく～》

《いどう～(^o^)》

《かいふく～》

パックンは魔力切れになりそうな魔法師にすかさず薬を渡す。そして、コウヤ作の一輪車に積まれた土砂ごと呑み込み、離れた場所に移動させる。

そこには冒険者が待機しており、他にも一輪車で運んでくる冒険者達から受け取り、その土砂を山にしていく。一輪車はいくつもあるので、空になった物を持って戻る。そして、戻ったところでまた魔法師達の様子を確認し、薬を出す。そうして、パックンは忙しく動き回っていた。

「あ、ありがとうございますパックンさん！」

「すっげえ、的確っ、的確っすパックンさんっ」

《まかせな(^_-)》

「あざっすっ」

流れ作業の要領で進めたため、かなりの回転率だ。その上に、パックンの人気がうなぎ登りだった。

そっちは任せておけばいいと、グラムは現場の指揮に集中する。

「次はそっちの二人だ。慎重にな」

足場にも気を付けなくてはならない。更に崩れては困るため、グラムは全体を見ながら指示を出す。そこに、応援の領兵達が駆けつける。

「グラムさん。お手伝いさせてもらいます」

「ああ。なら、あっちを頼む」

「了解しました。お前達、慎重にいくぞ」

「「はいっ」」

これでまた速度が上がった。

掘り出す間、冒険者達は彫りもの師達に声をかける。

「おうっ。おいおいっ、そんな泣くなよ。大丈夫だ。コウヤが教会に声をかけてたからな。出られれば、絶対に助かるぞ」

「っ、き、教会などにっ、やめろっ、我々を破産させる気かっ」

以前の教会のままならば、冒険者達も教会に声をかけるなんて、正気の沙汰ではないと考える。こういったことに鼻の利くあの教会ならば、勝手に駆けつけ、勝手に治療して、半ば脅してでもお金を請求しただろう。

そういう時はレンスフィートも、住民がお金をむしり取られるよりはと、少々多めに費用を捻出していたのだ。領主を脅すなど、本当にろくな者達ではなかった。

だからこそ、今の新しくなった教会が誇らしくて仕方ない。

「心配すんな。あの教会じゃねえよ。俺らの町にある教会は、本当に困った時に助けてくれる頼りになる教会だ。バカみたいな金を請求されたりしねえよ」

「そうそう。あれこそ、神様の恩恵を受ける教会なんだろうなって思うぜ」

「だな」

そんな話をして励ましながら、冒険者達は次々に彫りもの師達を助けていく。

少しでも気が紛れればと、冒険者達は喋り続ける。

「俺もさあ。教会、許せなかったんだ」

「お袋がさあ、魔獣に襲われて怪我して、その治療を教会に頼んだんだけどさ、まあ、完全には治らなかったんだよ」

「あ～、あるよな。隣のオヤジがそうだった。そんで、後遺症とか出るんだよな～」

「そう。それで、借金は負わないといけないし、痛みで苦しむのも見なきゃならん……それが辛くてさ」

エリスリリアの加護の力が弱まっていることと、単純に精進が足りないため、神官達の治癒魔法の力は、それほど高くなかった。完全に治るのは稀だ。これにより、教会に世話になった者は、後遺症と借金に苦しむのが大半だった。

「ただでさえ、親父の借金で町に居辛くなって、逃げてきたってのに。ここでも追い詰められるんかって、絶望したよ」

「けど、結果的には良かっただろ？　ちょっと補助ももらえるし」

「ああ……すげえ助かった」

ユースールでは、領の方で、教会によって負わされた借金を少しだけ肩代わりしていた。そうでもしなくては、ギリギリの状態でここまでやって来た者達は、野垂れ死んでしまうからだ。

「でも、腹立つよな。大して治らんのに、恩義は大いに感じろって態度でさ」

「俺なんて、何度司教達を殺そうとしたか分かんねえよ」

「俺もだ。噂に聞いた神官殺しってのが、来てくれないかずっと祈ってたよ」

「けど、そのお陰か、最高に良い司教が来てくれたな」

「だなっ。だから心配するな。ちゃんと治るさ」

そう励まされても、彫りもの師達は半信半疑だった。

助け出された者達は、パックンが持って来た絨毯の上に並べて寝かせられていく。

「腕がっ……もう、わたしは……っ」

「ううっ」

土砂に埋もれたことで、腕や足が折れてしまっている者もいる。持っていた工具で体を傷付けてしまった彫りもの師達は、悲嘆に暮れていた。しかし、そこにベニとルディエが到着する。

「おやおや。あんた達、アレかい？　まさか、本当にあいつと同じことができると思ったんかい。仕方のない子やねえ。ほれ、まずは綺麗にしてやるよ」

ベニは泥だらけだった彼らを魔法で清潔な状態にする。その影響範囲に驚き、痛みを一瞬忘れたように、泣いていた者達もぽかんと不快感のなくなった体を意識する。

「ほれ、そっちは頼むからね」

「分かってる」

ここからそっちと大雑把に分けて指さされ、ルディエは傷付いた腕を抱え込む彫りもの師の男の一人の傍に膝をついた。

「……神子様……」

「そうだけど」

「……え？」

男は、そんな答えが返ってくるとは思わなかった。神の使いとされる神子。ルディエの姿は、誰もが思い描く神子の姿そのものだったのだ。淡く光を纏っているようにも見える白銀の髪と、金に光る瞳。それが男には泣けるほど美しく見えていた。

そうして、男が見とれているうちに、ルディエは治癒魔法を発動させていた。

「治ったはずだけど。どうなの」

ニコリともせずに告げた言葉を、男の頭は理解できなかったようだ。だから、理解するより先に、感じていた痛みが、いつの間にか全くなくなっていたことに気付いた。

「え……痛くない……」

「だから、治ってるはずなんだけど。どうなのさ」

「っ、なっ、治ってるっ。動くっ。痛くないっ」

「そう。じゃあ、次」

治った治ったとはしゃぐ男を、もう用はないと無視し、次に移る。

しかしルディエは内心、きちんと治癒魔法が使えることに安堵していた。

「……約三百年振りか……」

《うれしいでしゅ？》

「っ……うん……」

肩に乗っていたダンゴが、ルディエへ念話を送る。それに、ルディエは素直に頷いた。その時、自然に笑みがこぼれた。男が治ったと騒いでいたことで、ルディエに注目していた者達が、その笑みに悩殺される。しかし、そんなことにルディエは頓着していなかった。

《そのおかお、いいでしゅね》

ダンゴのその言葉と同時に、呑気な男の声が響いた。

「へえ。君って、そんな顔もできるんだねえ」

「っ!?　え……あんた……っ」

ルディエに気配を察知させることなく、突然近くにその男は現れた。屈み込んでルディエの顔を覗き込んでいたのだ。そして、じっくりとルディエを観察した後に、優しく微笑んだ。

「無事に導きが作用したみたいだね」

「あ……」

ルディエは、服の下にあるお守りを握る。かつて、彼に貰ったものだ。それが、ここにきっと導いてくれた。

どう答えようかとルディエが迷っていると、男に気付いたベニが声をかける。

「なんだい。やっぱりまだ生きてたかい」

「相変わらずのつれない言葉……ベニちゃん、一言目はせめて『元気だったかい？』って聞いて欲しいんだけど？　笑顔で『おかえり』でも可」

「怪我でも病気でも自分でなんとかできるだろう。あと、何度も言うけど、わたしらの所は、あんたの帰る場所じゃないからね」

「つれないっ。本当につれないっ」

年の離れた姉と弟の会話だなと、周りの冒険者達は思った。しかし、彼の認識は違う。

「ベニちゃん、いい加減一緒になろうよ。ゼスト様は諦めてさ。神様に恋するとか、不毛だって。俺ならお手軽でしょ？」

「大きなお世話だよ。相変わらず身なりを気にせんなあ。もう少しまともな格好をしな」

髪は切りそろえることなくぼさぼさ。服も不潔な感じではないが、長年着古した感が出ている。

「あんた、来たんなら手伝いな。そんで、バカなことしたこの子らに、きちんと現実を見せてやり」

「ん？　この子ら何したの？」

「あんたの真似事だよ。大方、ここの崖に何か彫ろうと考えたんだろう。自分達の作品が、あんたがやるように、崩れなくする護りの刻印になると思ってたんだよ」

これを聞いて、回復した彫りもの師達は、まさかという思いで目を見開いて男を見た。その間にも、ルディエは次々に怪我人の治療を終えていた。

「え？　そうなの？　で、この結果？　おバカだね～」

「……っ」

黒い髪と黒い瞳に黒い服。間違いない。彫りもの師達は言葉もなかった。顔を赤らめて下を向く。

「まあ、見せるのはいいけどね。でも、やる前にコウヤくん呼んで来てよ。この子らより、コウヤくんに見て欲しいんだよね～。それで『じじさまスゴイっ』って言われたい」

自分で言って照れる男に、ベニは心底呆れながら告げた。

「はあ……まあ、これで救出も終わったやろ。あっちも準備できてそうだわ。コウヤ！　ちょっと来ておくれ！」

呼ばれて、野営の準備のための指示を終えていたコウヤが駆けつける。そして、男を見た。

「あっ、ジンクおじさん。お帰り。元気だった？」

リクエスト通りになったと、ジンクは喜びを爆発させる。

「っ、これっ、これだよベニちゃん。おじさん呼びは惜しいけど、この歓迎振りっ。この笑顔っ。これをベニちゃんにも求むっ」

だが、ベニに願いは伝わらなかった。

「バカ言ってないで、さっさとおし。メイス叩き込まれたいかい？」

「……今すぐやります」

ベニには逆らってはいけないと、ジンクも身にしみて分かっていた。

「そんじゃ、修復もやっちゃうかな～」

ジンクは飄々と、救出作業を終えた冒険者達とすれ違いながら、未だ不安定な絶壁を見上げた。

「まずは軽く【固定】。そんで、【空間把握】」

大きな二つの魔法陣が、ジンクの前方の土の山と絶壁に描かれた。白金色に輝く魔法陣は、その強さを増していく。

「あっちの土もかな？　【空間把握】っと。切り取って【転移】。それで【固定】っとね」

掘り出す時に移動させていた土の山の方にも魔法陣が現れ、その土の山がそのまま少しだけ浮き上がったように見えたと思った時には、消えていた。

「は？」

声を上げられる者などほとんどいなかった。それほど、あり得ない光景だったのだ。

絶壁に描かれていた魔法陣が何度か強く瞬く。そして、少しずつその変化に気付く。魔法陣が淡くなり、光が消えていく。

全ての崩れ落ちていた土砂が絶壁に塗り固められたかのように、綺麗に整えられていたのだ。それはまるで、何もなかったかのように。何事もない絶壁がそこにはあった。当然、洞穴も変わらずそこにある。ただし、柵は倒れて落ちていた。

「あ、あの柵は付け直してね？　これ、べつに修復ってわけじゃないから」

「あ、ああ……」

「え？　あ、そ、そうか、だから見た目が前より良い感じ……」

「いやいやっ。あり得ねえからっ」

見ていた冒険者達は大混乱する。だが、タリスはベニやコウヤの知り合いというだけで納得していた。お陰で、とても冷静だ。

「コウヤちゃん。これ、あれじゃない？　ほら、寮のお部屋に付けてくれたっていう掃除の」

タリスが思い出したのは、寮の説明で聞いた、埃などを集めてダストシュートに転移させる『自動清浄化機能』のことだ。

「そうですっ。ジンクおじさんと土台になる術式を考えて、出来上がったやつです」

幼い時に、家に遊びに来たジンクに、コウヤは魔法を教えてもらった。魔導具の作製も、この頃始めたのだ。まだその頃はコウルリーヤとしての知識も曖昧だったので、コウヤにとってジンクは先生だった。

その時に【空間把握】と【転移】について考案したのだ。ただ、基本的なものまでで、『自動清浄化機能』については、最近完成させたものだった。

ジンクの方は、それを応用して、こうした修復にも似たことができるようになったというわけだ。

「さてと、それじゃあ、始めますか」

これで終わりではないのかと、周りは不思議に思う。しかし、ジンクの本領発揮はこれからだ。

腕に巻いていた黒い布で、頭を覆うように髪をまとめる。前髪もきっちり入れ込んだ。

腰にある小さなカバンには工具が入っており、それを取り出して絶壁に向かう。

仕事モードに入ったジンクの背中を見て、コウヤはふっと笑った。

「ああなったら、終わるまで何も聞こえないんだっけ。ばばさま、食事の用意始めてますね」

「そうやね。なら、わたしも手伝おうか。野草でも採ってくるかい？」

「いいの？　じゃあ、お願い。それにしても、やっぱりおじさんは刻印術が使えるの？」

そのことはコウヤも幼い頃に会ったきりだから知らなかった。ジンクについては、魔法に詳しくて、人形作りの上手なおじさんという認識だったのだ。

「ああ。けど、ちゃんとした知識がないと修得は難しいからね。誰かに教える気がないんだよ。死ぬまでに引き継げる子を探すって、旅して回ってんだけどねえ」

「そうだったんだ」

未だ、弟子と認められる才能のある人には、巡り会えていないようだった。

「さてと。アレは、あと一時間はかかるだろう。あんたらはちょっと休憩しておいで」

「え、いや、司教様が働いてんのに休むなんて」

『あんたら』と目を向けられたグラムは、恐縮していた。

「いいんだよ。その子らを見ててやっておくれ。ふらふらとアレに近づいていかんようにね。邪魔すると、吹っ飛ばされるから」

「そ、そうなんですね……分かりました」

グラムの了解を示す言葉を背中で聞きながら、ベニは森の方へ歩き始めていた。そこにパックンも跳びはねながらついて行く。

《いっしょにいく～(^o^)》

「それは助かるねえ」

その後ろを、更にルディエが静かについて行っていた。ダンゴもくっ付いたままだ。

そして、彼らの姿が森の中に消えた所で、グラムが改めてコウヤに確認する。

「なあ、あの人、そんなに危険なのか？」

「あ～、おじさん、本気で集中しちゃうと、飛んできた虫とかでも燃やしちゃうんですよ。最初から近くで意識されていれば、まだ大丈夫なんですけど」

ジンクは、こうした外で仕事を始めると、魔獣などが寄って来たとしても、無意識のうちに羽虫でも払うように、魔法で吹っ飛ばしてしまうらしい。そのため、極力人のいない場所を好むのだ。

「まだって……不安な言葉だねえ」

タリスも微妙な表情でジンクの背中を見る。もうその時には、大きな人の顔が彫られていくのが確認できていた。ジンクは時には風の魔法でふわりと体を浮き上がらせ、自分の身長の倍以上の高さの所で何かを彫っていたのだ。

「やっぱりすごいなあ」

「もしかして、コウヤちゃんのお家にある門の彫刻、あのおじさんから影響を受けたとか？」

「はいっ。純粋にやってみたかったっていうのもあるんですけど、ああしたのが流行ったら、おじさんも仕事に困らないかなって思ったりして」

「なるほどねえ」

キラキラとした目で、ジンクを見つめるコウヤ。憧れの人を見つめるような、そんな表情に見えるだろう。実際は、彫り上がっていく人物像の中に、違和感なく刻まれていく刻印術を見つけて目を輝かせていたのだが、刻印術を知らないタリス達には、そんなことは分からなかった。

少々勘違いしながら、タリスは頷く。

「うん。すごいライバルだ。けど、コウヤちゃんのお祖父ちゃんの座は守ってみせるんだからねっ」

「ん？　あ、ご飯用意しないと」

決意するタリスを不思議に思いながらも、コウヤは、野営の準備へと再び向かっていった。

夕食が出来上がる頃、完成したのは、中央にある洞穴を挟んでそれぞれ外側を向く少年と美女の顔。少年の顔は、ルディエのものだった。

「どう？　我ながらよく出来たと思うよ」

「あの女の人は誰」

ルディエが恥ずかしそうにそう尋ねていた。これに対してジンクは満面の笑みで答える。

「若い頃のベニちゃんだよっ。すっごい美人だったんだからっ」

「ジンク。あんた、過去形にするとは良い度胸(どきょう)だねぇ」

「っ、や、やだなあ。俺は今のベニちゃんも美人だと思うよ？　本当にっ、絶対的にっ。だから結婚しようっ」

「やかましいっ。あんたは当分、そこの勘違いした坊ちゃん達の世話でもしておきなっ」

「えぇぇぇっ」

勘違いした坊ちゃん達こと、『どうか弟子に』と先ほどから額(ひたい)を地面にこすりつけている彫りもの師達。それが、ベニにはいい加減鬱陶しかったらしい。食事も取ってくれないので、コウヤも少し困っている。

「いいねっ、どうせ、しばらくここで滞在する気だろう」

「あっ、バレた？　ちょっとまだ刻印の所がね。最終的には、魔獣と魔物避けとして機能するのも付け加えようかなって」

今はあの崖が崩れないように、強力な固定の刻印を刻んだに過ぎない。だが、ここは野営地だ。どうせならと思ったらしい。

「でも、俺、作業中は自分のこともちゃんとできないけど？」

「我々がお世話させていただきます！　なので、どうかお側で見させてください」

「そう？　なら、ご飯とか任せるよ？　見てるだけなら別にいいし」

「はいっ。よろしくお願いします！」

一応は了承を得たようだ。この後、彫りもの師達は、丁寧に助けてくれた冒険者や兵達にも頭を下げた。圧倒的な技術の差を感じたことで、色々と砕け散ったらしい。彼らは、助けてもらったことへの謝礼も、報酬として支払ってくれた。

更には、ジンクの刻印術によって、ここが安全になると聞いたレンスフィートからも、領の運営に関係するものとして、領費から支払いが為されることになる。

こうして、緊急依頼は無事終了したのだった。

特筆事項⑨　新たな教会が生まれました。

昨日の緊急依頼の報告書などを、通常業務の合間を縫って作り上げていたコウヤは、夕方近くになってようやくそれを終わらせることができた。それを見計らっていたように、声がかかる。

「コウヤさん。少しよろしいですか？」

声をかけてきたのは、マイルズだった。

「はい。いいですよ」

「その……『イストラの剣』についての調査結果が届いたんですけど……」

『イストラの剣』は、今ベニ達に預けている、ベルティとコダの所属パーティの名だ。二人は仲間に秘密で盗賊団と繋がっており、冒険者達の情報を流したり、仲間のふりをして罠にはめたりしていたという。それらの調査をギルドの方でやっていたのだが、その結果が来たようだ。

「どんな感じですか？」

マイルズから調査報告書を受け取る。一通り目を通して、コウヤは首を傾げた。

「……これだけですか？」

「これだけです……かなり巧妙(こうみょう)に行動していたようですね。尻尾を掴ませなかったというか……証拠がかなり少ないようです。それも……」

マイルズは言葉を濁す。口にするのは良い気分ではないだろう。代わりにコウヤが冷静に思案しながら呟く。

目にしているのは『被害多数と推測されるが、生存者が少なく確証は取れず』という文字だった。

「被害に遭った人がほとんど残ってないか……やっぱりこっちで自供させた方が確実かな」

「コウヤさんが預かっているんですか？」

「預け先は教会です。ばばさま達なら、そろそろだと思うんですけど、怪我の具合がね～、腕を失くしたのがショックだったみたいで、精神的に参ってるんですよね」

「それ、コウヤさんが――」

マイルズは、コウヤが助けた時にはもうそうだったのかと尋ねようとしたのだが、コウヤは少し違う解釈をした。

「あ、腕？　傷口を遠慮なく焼いたのは俺ですけど、千切ったのは魔獣ですよ？」

「っ、そうですか……」

マイルズの顔色が一気に白くなった。想像してしまったようだ。

「大丈夫ですか？　貧血です？　座ってください」

「い、いえ！　それでこの件はどうされますか？」

マイルズは気合いを入れて確認する。

「一度預かりますね。ありがとうございます」

「承知しました。危ないことしないでくださいね……」

「もちろんです！　俺は危ないことが嫌でギルド職員になったんですからっ」

「な、なるほど……」

「はい！」

マイルズは微妙に納得し難いという目をしていたように見えたが、気のせいだと思うことにした。

コウヤは仕事が終わってから隣の薬屋に寄った。病室で未だ眠っているのは残り二人だけ。

「そろそろかな」

彼らは、コウヤと共にルディエを追って、西の森に行った男女だ。『無魂薬』は解毒できていたが、身体的な回復が追いつく前に無理な行動をしたため、戻ってきてすぐに糸が切れたように倒れてしまったのだ。

症状を同じくしていた他の者達は順調に回復し、ルディエが身を寄せる教会へと順次移っていた。よって、残っているのはこの二人だけとなる。

コウヤは二人が十分に休めたことを確認して、治癒魔法ではなく聖属性の高位魔法である『再生魔法』をかける。これにより、患者自身の治癒力ではなく、術者の力と世界から集めた力によって治療できる。

「これでどうかな」

もう二人の身体に異常は見られないようだった。しばらくすれば目を覚ますだろう。今夜にも教会に連れて行ってあげられそうだと判断する。一緒に二人の顔色を見ていたダンゴも頷いた。

《だいじょうぶそうでしゅ》
「うん。ん？　パックンどうしたの？」
コウヤは眠る二人を見ながら、空いているベッドに腰掛けていたのだが、そこに飛び乗ってきたパックンがなんだかモジモジしながらにじり寄ってきていた。
《いまのほしい！(๑>◡<๑)》
「今の？　あ、再生魔法？」
《それ!!》
パックンの琴線に触れたらしい。確かに、治癒魔法はストックさせていたけれど、再生魔法はない。まず人が取得できる魔法ではないので、持たせていなかったのだ。
「え～、使い所難しいよ？」
誰かに見られれば、説明が難しい。治癒魔法よりも強力で、それこそ神の技だ。上手く誤魔化して使わなければ、面倒なことになる。ベニ達ならば可能だろうが、それでも珍しいものは珍しい。
だが、コウヤはパックンの習性というか、性癖を忘れていた。
《え、つかわないよ？(´ω`)》
《だってもったいないじゃん！(*`ω´)》
「ソウダネ……」
ただ欲しいだけだったらしい。今日もパックンの収集癖は健在だ。
「そういえば、解体屋のオヤジさんが、ワームハウンドの解体が終わったって言って……」

《いってきます!!》
《……いっちゃったでしゅ》
欲望に忠実なパックンだ。別に構わないが、ちょっと最近、パックンは自由に動き回り過ぎではないだろうかとコウヤは思う。
既にこの町の人々は、パックンをコウヤの従魔と認識している。会話も普通に成立するし、特に人見知りでもない。着々と町の人気者になってきているようなのだ。
《さいきん、わたしもまちのヒトによくはなしかけられましゅ》
「嫌だった？」
《イヤじゃないでしゅ！　うれしいんでしゅ。まえはこんなふうにあまりヒトとかかわらなかったから……》
「そうだね……」
コウルリーヤとして、地上に降りていた頃。その時はのんびりと一つの町や村に腰を据えることがなかった。人々の生活はまだ発展途上で、冒険者ギルドも今ほど機能していなかった。生きることに必死になる人々を見て回り、時折アドバイスをしながら世界中を回っていたのだ。
何より、地上にいる時は神であるということを知られないように行動していた。ダンゴ達も人目を避けて行動するのが当然だったのだ。今のように、落ち着いてコウヤの胸ポケットに入り込むことさえできなかった。
眠くなってきたのか、ダンゴはポケットに潜り込んでいく。

《あるじさま……はやく……の子も……》

呟きを完全に聞き取れはしなかったが、何が言いたいのかは分かった。もう一体の眷属。その存在が今どこにあるのか。どうしているのか。コウヤも気になっているのだ。

「見つけてあげなきゃね」

一人だと色々とやり過ぎてしまうような子だ。どこかにはまり込んで修業に明け暮れているかもしれない。

けれど、ダンゴやパックンは今の、人と思う存分触れ合える暮らしを、その子にも同じように感じて欲しいのだ。パックンは自力でこちらを見つけるべきだと思っているらしいので、探すと言えば不満そうにするだろう。ダンゴの時は一人で頑張っていたのを偶然見つけただけだから、セーフだったようだ。

「パックンは変に頑固なところあるからな〜」

眷属というのは他に知らないが、ただの従魔ならば、ここまで個性的にはならないだろう。そこで、眠っていた二人が目を覚ました。

「あ、おはよう。気分はどう？」

「っ、も、問題ありませんっ」

女性の方が慌てて起き上がろうとする。

「そんなに急に動かないで。体は大丈夫だとは思うけど、食事してないでしょ？」

そう指摘すると、素直な体はお腹を鳴らしていた。大きな音を響かせた男が、ベッドの上で正座する。

「……申し訳ありません」

それに引き続いて、女性の方からも可愛らしい音が響いた。

「っ、失礼しました……っ」

真っ赤になって膝を抱える女性。笑っては失礼だが、微笑ましいものだ。

「俺もお腹空いたし、晩御飯食べに行きましょう。この時間だと、教会の方の夕食は終わってるから」

立ち上がったコウヤに、二人がポカンと口を開ける。

「何してるの？　そんな風に口開けててもご飯はやってこないよ。ほら、行くよ」

笑いながら急かせば、二人は慌てて立ち上がった。

「ゲンさん、ナチさん達もご飯行きましょうっ」

コウヤはゲンとナチ、手伝いに来ている研修中の神官三人にも声をかける。

「そんな時間か？　そういや腹減ったな」

「えっ、もうこんな時間⁉」

「「お腹空きました！」」

「ははっ、行きますよ」

店を閉めて『食事に出ています』という札を掛け、コウヤ達は隣の『満腹一服亭』に向かった。

夕食時が過ぎ、酒場としての顔も覗かせる頃。のんびりと飲みに来た者達が集まり始めていると思いきや、未だ夕食時並みに賑わっていた。

「あ、いらっしゃいませっ。コウヤさん、パックンさんが解体屋さん達と先に来てますよ」

「え？」

「皆さんどうぞ。お席用意してありますから」

どうやら、パックンと解体屋の人達が揃って店に先に来ていたようだ。パックンがいるなら、コウヤも来るだろう。コウヤが来るなら、未だに夕食を食べに来ていない薬屋の人達も来るだろうと予想されていたのだ。

人の入りが良いため、それほど広く席を用意しておけないはずなのに、そこを上手くやるのが、商業ギルドで研修を積んだベテラン店員達の腕の見せ所だった。

「コウヤ、こっちだ」

「オヤジさん、こんばんは。昨日はお疲れさまでした。あれ？　そっちは……」

解体中でなければ、オヤジさんはクールな落ち着いた大人だ。それが奇妙に感じてしまうのは、最近仕事モードの時にしか会っていなかったからだろうか。あれが本来の姿のように思う。そして、お弟子さん達を挟んで座っていたのは、見たことのある青年だった。

「こ、こんばんは。その節はご迷惑をおかけしました」

それはいつだったか、他の町から来てギルドの受付で揉めた青年。

その時、コウヤは解体の勉強のためと簡単なお金稼ぎに、と解体屋を紹介した。それからずっと解体屋で働いていたようだ。

「お陰で、小さな魔獣ならキレイに解体できるようになりました」

ギルドで対面した時は、思いつめたように苦しそうな表情をしていた青年は、とても爽やかな明るい笑顔を見せていた。

彼は日々持ち込まれる様々な魔獣や魔物をその目で見て、解体を経験することで自信が付いたようだ。何よりの変化は、コウヤへの対応だろうか。以前、窓口で向き合った時には『お前』とか言っていたし、尖った口調だった。けれど、コウヤに対して何か思うところがあったのか、とても丁寧に礼を言ったのだ。

「それは良かったです。この短期間ですごいじゃないですか」

「コウヤさんのお陰です。はっきり言ってしまうと……冒険者になってから、何をどうすればいいのか全く分かりませんでした……不安で、戦うことも知らなくて……町の周りで薬草を採取するくらいしかできなかった……」

大抵の町の周りは、魔獣や魔物が間引かれており、ある程度の範囲内ならばそれほどの危険はない。だから、近場に生えている薬草や弱い魔獣達を狩る程度でも、何とか暮らしていける。とはいえ、それは最低限の暮らしだ。冒険者ギルドの中で夜を明かして生活する者も少なくはない。

しかし、だからといってギルドがそういった者を泊める場所を作ってしまえば、彼らはその現状に満足してしまうだろう。それでは困る。依頼を受け、宿を取り食事をする。そうして最低限の暮らしから抜け出していってもらわなくてはならない。

「焦っていたんだと思います……周りは戦える者達もいたし、俺よりも小さな子が狩りに行っていたりする。そんな中で、俺は薬草採取しかできない。今更頼れる人もいなくて……」

　薬草採取だけで現状に満足していられれば良かった。けれど、周りから未だに狩りにも行けないのかと貶されるようになって、居場所がなくなっていくように思えたらしい。

「この町に来て良かった。本当にありがとうございましたっ」

　青年は立ち上がって、その場で深く頭を下げた。最初はクレームを付けて何とか報酬を受け取ろうとするような者だった。けれど、確かな道が見えたことで、本来の気質が現れるようになったのだろう。

「あなたが頑張ったからですよ。俺が何を言って勧めたところで聞く気がなければ意味はないし、その場に行って努力しなければ何にもなりません。これからも、やれることから少しずつ覚えていってください」

「はいっ。あと数日、こちらでお世話になったら、戦闘講習を受けてみようと思います」

　戦闘講習とは、冒険者ギルドで開かれる初心者用の講習の一つだ。だが、多くの町のギルドでは受ける者がまずおらず、いつの間にかそれが行われているという案内さえなくなってしまった。

　冒険者達は皆『強さ』や『名誉』を夢見ている。そのため、戦ったこともない初心者であると周りに知られないように最初から虚勢を張って、ろくな予備知識もなく実戦に身を投じていく。

　その結果、死亡率が高くなり、冒険者の育ちも遅い。依頼を受ける者に偏りが出て、酷く稼げない者と稼げる者の差が開いていくのだ。

「今更、講習を受けるなんて恥ずかしいって思っていたんですけど……本当に何も知らないってことに気付きました。だから、知るためにも必要なことなんだって思ったんです」

解体だって、ここで教えてもらうことによってできるようになった。その『できるようになる』ということの大切さを、彼は実感したのだ。

聞いていたゲンが、楽しそうに助言する。

「努力することは恥じゃねぇよ。本当に恥ずかしいのは、まともにやれんクセにやれてると思ってるバカだ。見て覚えんのは当然だが、基本を知らずにできるもんじゃねぇ」

技を盗むのも結構だ。寧ろそれは正しい。だが、基本が疎(おろそ)かになっていては、見た目だけ整えた偽物。どこかに綻(ほころ)びが出来る。冒険者にとってその綻びは生死にも直結する問題だ。それを理解すれば、一時の恥などなんてことはないものに感じられるだろう。

「教えを請うのは悪いことでも、恥でもねぇんだよ。カッコつけてえんなら、最初からつまずかんことだな。そんでどうしても戦えんかったら、俺んとこに来い。薬草採取を極めさせてやるよ」

「はい！」

ゲンは少し気まずそうに、最後には目を逸らした。こういうのは恥ずかしいらしい。中々見たことのないゲンの一面を見られて、コウヤは嬉しかった。

今までゲンはこうして冒険者達と関わることもなかった。ただ無言で怪我人に薬を押し付けて消える。それがゲンの関わり方だったのだ。説教しようにも、見た目から怖がられるのが分かっていたから、助言もまともにできなかった。

世話好きなゲンは、ただ無謀に仕事へ向かっていく若者達をもどかしく思っていたことだろう。

「年長者の言うことが聞けるのは良い傾向ですよ」

「っ、ありがとう。俺、オヤジさんみたいな男になるのが夢なんです！」

全員の視線が解体屋のオヤジさんに集まる。仕事時のオヤジさんを知っている者達は思っていた。

『一体、どっちの？』

仕事をする時の陽気にバラすオヤジさんか。今の、クールにお酒を飲みながらパックンの話に相槌を打つ大人なオヤジさんなのか。しかし、コウヤにとってはどちらのオヤジさんも、カッコいい男だ。きっと、この青年にとってもそうだろうと結論付ける。

「オヤジさんみたいな……そうですか。とっても良い目標ですねっ」

「はい！」

キラキラと、憧れのヒーローを見るような青年に、コウヤは良かった良かったと頷いた。周りの微妙な空気には気付いていない。近くに座って、これを聞いていた冒険者達が『ちょっと、アレを目標にするのは……』と渋い顔でお酒を呷っていたことにも気付くことはないのだ。

食事を終え、パックンを回収し、完治した男女二人を連れてコウヤは教会へやって来た。

「昨日はありがとうね。ちゃんとご飯は食べた？　お風呂に入って温かくして寝るんだよ？」

「っ、わ、分かってるよっ」

あれほどコウヤに怯えていたルディエも——昨日は距離があったが——今朝と昼に顔を出して、一言二言声をかけたことで、コウヤが特に彼に何かをするわけではないと分かったようだ。

「じゃあ、ベニばあさま。この二人もお願いします」

「ああ。他の子らも良い子だでなあ。その内、神官の子らと交代で研修にも出すわ」

ベニ達はどうやら、無魂兵だった者達を、全員神官として面倒を見る気らしい。

この町での教会の存在は、良い方向に修正されていた。そのため、ただでさえ人手不足なところに大勢の人々が尋ねてくるようになったことで、大変なことになっているのだ。

昨日の騒動の後、夕食の折りに、冒険者達もベニと話をしたことで、更に教会へ来る者達が増えているらしい。母親のことがあり、教会を恨んでいたという男も、先ほど仕事終わりにやって来て、静かに祈りを捧(ささ)げたらしい。ようやく母親を弔(とむら)ってやれた気がすると、涙を浮かべて礼を言っていたという。

そうした、神と対話するための場所としての提供さえ、以前の教会はできなくなっていたのだ。多くの者がこれからも、そんな祈る場所を求めてやってくるだろう。そこに、元神子や巫女達が転がり込んできたのだ。ベニ達にこれらを使わない手はなかった。

「薬屋の方の子らはどうだね？」

「ゲンさんがいずれここに帰すっていうのを渋りかけてるくらい、気に入ってるよ。すごく飲み込みがいいみたいだ」

「それはええなあ。交代でもっとそっちに回すかねえ。ゲンちゃんに恩を売るのも悪くなさそうだわ」

「ゲンちゃん……」

ベニ達にとってはゲンも可愛い子なのだろう。呼び方はどうもこれで定着したようだ。

「あっ、そうだ、ばばさま。明日の昼くらいに、ドラム組の棟梁が中を確認しにくるから、どう改装したいか、意見をまとめておいてね」

「コウヤは来てくれんのかい？」

「う～ん……調整はしてみる。来れなかったらごめんね。でも、預けてる二人のこともあるし、明日の夕方にはちゃんと来るから」

そろそろ、本腰を入れて『イストラの剣』の問題も片付けていかなくてはならないだろう。

コウヤがまたねと手を振ると、ルディエが近づいてきた。

「と、途中まで送る……暗いし。この町が他の町より安全でも、良くないと思う……」

「大丈夫だよ？　パックンもいるしね。ふふ、心配してくれてありがとう。今度明るい時に一緒に散歩しようね」

「っ、うん……」

まだ目を合わせて話をしてはくれないが、ゆっくりと心を開いてくれているようだ。

「いい子だね」

「っ⁉　そ、そんなんじゃないもんっ」

少しだけ低い位置にある頭を撫でてやれば、驚いて猫のように跳ねながら教会の中に入ってしまった。

「可愛いなあ」

「本当になあ」

慌ててルディエを追っていく男女を見送りながら、しみじみとベニと頷き合うのだった。


翌日。朝の受付ラッシュを過ぎ、コウヤは顔を出したサブギルドマスターであるエルテに、昼の時間に抜けてもいいか交渉していた。

「教会の司教様方は、コウヤ君の育ての親でしたわね。でしたら、今日はもう上がっていただいても構いませんわ。何より、コウヤ君は処理能力が高過ぎて、他の者達の倍はお仕事していますから、職員達を鍛える意味でも、少し手を抜いていただきたかったのです」

「それって……雇われている身としてはどうなんでしょう……」

決められた勤務時間内は精一杯仕事をするというのが、コウヤには当たり前の感覚だ。

ギルドは出来高制ではないので、そこでどれだけ頑張っても給金は増えないが、やれるならばやるべきだ。手を抜く方法なんて知らない。

「コウヤ君のように勤勉な職員には、休暇を多く与えるというのが、ギルドの方針の一つです。本来ならばそういった調整を、サブギルドマスターがすることになっていました。ただ、これまでここにいた前任の者は、それを怠っていたのです」

一人の能力に頼り切れば、抜けた時にバランスが取れなくなる。そこで、給金を調整するのではなく、正しく能力を見極めて勤務時間を調整する方法を採っているのだ。これにより、職員の能力の均等化も図ろうということだった。

「今後は私がしっかりと調整します。何よりも、職員が働きやすい環境を整えるのが上司の務めです。今後も遠慮なく、そういったことは相談してください。もちろん、もう数日早く言っていただけたら嬉しいですが」

「はいっ。申し訳ありません！　ありがとうございます！」

「っ〜、頑張ってねっ」

「はい！」

なんだか悶えながらエルテに後退されたが、今日はこれで上がって良いらしい。

同僚達も快くコウヤを送り出してくれた。

「コウヤさんは働き過ぎですしね。どうせ、外に出ても他の仕事を見つけるんでしょうけど」

「そんなことないですよ？」

そう言っても、誰も信じていないようだった。

棟梁が教会へ来られるのは昼も過ぎた頃になる。ならば、もう少し書類の整理だけでもと思った。

しかしそこへ、ヘルヴェルスがやって来たのだ。

「コウヤ、ちょっといいかな？」

「あ、はい」

何だろうと思って手を止める。

「できれば、マスター殿とも話をしたいんだが」

そんな深刻な話なのだろうか。いつもより、多少顔が強張っているように見える。

「確認して来ますね」

「なあに？　領兵長さんが僕に何の用？」

「あ、マスター」

ちょうど、部屋から出てきたタリスに会って、コウヤはヘルヴェルスと共にギルドマスターの執務室に向かった。

ソファにコウヤとタリスが並び、その正面にヘルヴェルスが座る。そうして、落ち着いたところで、ヘルヴェルスが持っていた紙を一枚差し出した。

「先日届いた報告書です。こちらのギルドの査察によってご存知かもしれませんが、この町にいた司教と司祭をはじめとする数人の神官達は長年、こちらの元ギルドマスター達と共に、違法に利益を人々から搾取していました」

怪我をした冒険者達に、無理やり神官達の治癒魔法を受けさせ、お金を搾取するやり方を幾度となく繰り返していたのだ。しかし、そこで何やら揉めたらしく、最後の方は、コウヤが治癒魔法を使えると知った前ギルドマスターが教会と手を切っていた。

エルテがタリスの視線を受けて説明する。

「確かに、癒着が確認されていましたので、教会へ抗議を入れるつもりでおりました。ですが、それよりも先に当事者が入れ替わってしまいましたので……」

司教達は、冒険者達に行っていたギルドマスターとの企みを告発するという脅しの下、コウヤを引き取ろうとしたらしいのだが、それをベニ達に察知され、追い出されたのだ。

「領主としても看過できないことです。こちらとしても、教会へ抗議を入れるつもりでした。ですが……」

「当事者が何者かに殺されちゃったってことだね」

「はい……」

差し出された紙に書かれていたのは、隣の領内で発見された、教会の馬車と神官達の遺体についてだった。

「遺体は魔獣によって食い荒らされていまして、正確に把握することはできなかったそうです……ですが、馬車が町を出て行ったことはこちらで把握していました。他の町の情報も確認しまして、この場所を通ると思われる教会の馬車は、この町を出た司教達が乗っていたものしかないと結論が出ました」

判明するのに数日かかったのは、発見されてからそれらを確認するのに手間取ったからだ。

「けど、殺されたってどうして分かったんですか？　魔獣に襲われて亡くなったのかもしれませんよね？」

冒険者ギルドに、教会から護衛の依頼は出ていなかった。外から教会専属の聖騎士が来た気配もない。特に護衛も雇うことなく、神官達だけで出て行ったのならば、いくら魔獣避けの香を焚いたところで、確実に避けられるとはいえないだろう。

「あの辺りの町で『神官殺し』と呼ばれる者を見たという噂があってね……馬車にも、剣が外側から刺さったような傷が見られたそうだ」

「神官殺し……あっ」

コウヤは、そういえば彼らについてヘルヴェルスに話していないことに気付いた。

「どうした？　何か心当たりがあるのか？」

「えっと、レンス様から聞いていませんか？　『無魂兵』について……」

「ん？　そういえば、新しく出来た薬屋で保護した者達を治療中だというのは聞いているが」

詳しくはレンスフィートもあの場で聞いてはこなかった。本当に彼らが回復したら、改めて話を聞こうとでも思っていたのだろう。

「彼らは、教会に恨みを持っていまして。その頭の子が『神官殺し』って呼ばれていたみたいなんです」

「まさかっ、その『神官殺し』も薬屋に⁉」

ヘルヴェルスは、そんな危険人物が近くにいるかもしれないと知って飛び上がる。

「あ、いえ。今は教会にいます。昨日『無魂兵』だった全員が回復しましたから。みんな一緒に、新しい神官としてばばさま達が面倒を見るって言ってましたよ」

「神官殺しが神官……？　どういうことだい？」

混乱するのも無理はない。

「俺は彼らとちゃんと話をしていないので、どういう基準で神官を殺していたのかは分かりません。けど、根は悪い人達じゃないと思うんです。元神子だった人達ですからね」

「神官殺しが……神子……」

「はいっ。特に頭だったあの子は結構な力を持ってますよ。ばばさま達の弟子だそうですし、もう悪さはしないと思いますから、心配しないでください」

「え……あっ、先日の事故の時に司教様と一緒にいた神子というのがまさか」

ヘルヴェルスが今日ここへ来た目的は二つ。一つは、前ギルドマスター達と手を組んでいた司教達が亡くなっていることのギルドへの報告。そして、二つ目がコウヤの育ての親であるベニ達が神官殺しに狙われる可能性を、改めて通達するためであった。

「そうです。大活躍でしたよ」

「た、確かにそう報告があったけど……」

混乱するヘルヴェルスに代わり、タリスがコウヤへ確認する。

「え〜っと、そうなるとその『神官殺し』は、あの最強シスター達に鎖を付けられてるから、心配ないってことだね？」

「そういうことになりますね。でも、法的な罪とか発生するなら、ちゃんと償わせなくちゃいけませんよね。どうしましょう？」

「神官殺しの件については、全部が神教国預かりになるんだっけ。けど確か、何人か貴族も手にかけてるはずだよ」

神官を手にかけた者は、その場所がどの国であっても、全て神教国の法によって裁かれることになる。この問題に関しては、ベニ達も神教国と事を構える気でいるので、罪がどうのと言われても引き渡す気はないだろう。問題は手にかけた貴族についてだ。

「それについては、その貴族に色々と嫌疑がかかっていまして、生きていたところで厳罰となっていただろうと言われています。証拠書類も出てきているので、間違いはないかと」

ヘルヴェルスの回答に、タリスはコウヤと顔を見合わせる。ルディエは、手にかけた貴族達の罪の証拠を、必ず見える所に用意していた。そのため、調べは既に付いている。

「悪い人達だったのね。ならいいんじゃない？」

「はい。今後は簡単にそんなことしないでしょうし、問題ないですね」

ヘルヴェルスは軽い調子の二人に戸惑う。

「え？　いや、でも神官殺しだよ？　凄腕の殺し屋だよ？　それがこの町の……それも教会にいるなんて知られたらっ」

そう言われれば危険な感じだ。せっかく教会の印象が良くなったのに、それを台無しにするくらいのインパクトがある。だが、コウヤは笑っていた。

「でももう、いい子にしてますよ？」

「いい子ってっ、そんなレベルの話じゃっ、待って、先日捕まえた盗賊を無力化した犯人も『良い子にしてるから大丈夫』と言っていたよね？　それってまさか……」

「はいっ。それをやったのも、あの子達だったみたいですから」

「……」

ヘルヴェルスは深くソファに身を沈めた。

「コウヤちゃん。それ、僕は聞いてないんだけど」

「あ、そうでした。だから、調査は必要ないですよ。しばらくは、ばばさま達にこき使われて教会から出られないでしょうしね」

「そう、あそこは脱走不可能な、ある意味最高難易度の監獄になるのね……」

最強の看守が三人もいるので、間違いなく脱出不可能だ。

「これから教会に行くので、良かったらヘル様もいらっしゃいますか？」

「そ、そうだね……神教国絡みの情報もあるし……」

「神教国のですか？」

席を立ちながら告げられた言葉に引っかかった。すると、ヘルヴェルスは先ほどのように深刻な表情で告げたのだ。

「神教国が新しい司教を派遣すると言ってきているのさ」

「それは……」

面倒なことになりそうだった。

その後、ヘルヴェルスを連れて教会に向かったのだが、なぜかタリスもついてきていた。

「いいんですか、マスター。さっき窓から出てきましたよね？　エルテさん怒ってません？」

そう。コウヤはヘルヴェルスと二人でギルドを出た。しかし、そこでタリスが降って来たのだ。

明らかな脱走ルートだった。

「いいのいいの。いつものことだから」

「はあ」

そうなのかと納得するコウヤとは違い、ヘルヴェルスはちゃんと常識の分かる大人である。

「それは脱走した方が言うセリフじゃないと思うのですが？」

「え？　そう？　でもいつものことだから大丈夫」

「エルテさん、気配察知のスキル高いですから、気付いてはいると思いますよ？」

「うん。でも高いのは索敵スキルじゃないから一歩遅いんだよね～」

『気配察知』のスキルは、個を特定できない。ただし、反射的に対応できるくらいに近くにいる生き物の気配には敏感(びんかん)に反応できる。

一方の『索敵』スキルは個を特定できる。敵という気配を全て感知することができ、特定の一人を大勢の中から見つけることもできる、実戦的なスキルだ。

「でも、マスターは脱走の常習犯ですよね？　なんでエルテさんは索敵スキルが伸びないんでしょう？」

「あはは。だって、僕を探して捕まえるよりも、彼女が残って仕事してた方が効率いいからね。追いかけて来ないからだよ」

「なるほど。マスター、確信犯ですね」

「まあね～♪」

「……」

タリスはいつだって自由に行動していたようだ。

「それでコウヤちゃん。『神官殺し』って、やっぱりあの子だったんだよね？」

「はい。逃げられちゃったあの子だったたってことです」

「まさか神子が『神官殺し』とはね～。冒険者の方に被害がなかったから、僕は知らないんだけど。領兵長さん、その『神官殺し』ってそんなに凄腕なの？」

コウヤと見たその子は、タリスには怯えて逃げた子どもでしかなかった。先日も、ただ静かに、ベニについて回っていただけだ。

確かに年齢もおかしかったし、職業が『暗殺者』なんて物騒なものだったが、レベルまでは確認しておらず、凄腕という印象がタリスには持てなかったのだ。

「そうですね……色々と伝説的な話があります。予告もなく現れて、一瞬で命を刈り取るのだと。ほんの数分で血の海が出来たとか。どれだけ厳重に守っても、どこからともなく入ってくるとか。何百年も前からそんな同様の手口で『神官殺し』の話がありました。世襲されているのか、そこは不明ですが」

これにタリスが何気ない様子で回答を口にする。

「世襲じゃなくて、多分ずっと一人だよ。個人ね。だって年齢がね『8（＋315）』だったもの。それを信じるならあの子、三百二十三歳で僕の倍近い年上のお兄さんだよ」

「……はい？」

ヘルヴェルスは、唐突に明かされた情報に思考が一時停止していた。

「見た目は俺よりも年下なんですけどね。でも中身はちゃんと見た目に近かったですよ？　とっても可愛いんです」

「か、可愛い……」

そう聞いても、凄腕の暗殺者であり、神官を殺して回っているという情報が邪魔して、ヘルヴェルスにはイメージできないらしい。結局、それからヘルヴェルスは教会に着くまで口を開かなかった。教会に来て真っ先に出迎えてくれたのは、最後に連れて来た『無魂兵』の女性だ。

「いらっしゃいませコウヤ様。そちらは領兵長であるヘルヴェルス様と冒険者ギルドマスターのタリス様でしたね。はじめまして、サーナと申します」

「よく知ってるねぇ。この町に来てそんなに経ってないはずだよね？」

「はい。この町に運び込まれ、昨日ようやく自由に動けるようになったところですが、お二人のことは教会にいれば自然と耳に入ってきますので」

笑顔で答えるサーナに、タリスは見定めようとするように目を細める。

「隠密スキルだけじゃなくて、情報収集スキルも高いんだね」

「はい。今まで意識はほとんど表には出せませんでしたが、認識はできましたので。何より、そうして外の情報を認識していないと消えてしまいそうで、必死だったのだと思います」

「なるほどね。無魂兵って、見た目も行動もお人形さんでもちゃんと意識はあったんだねぇ」

意識は遠いところにあったという。まるで夢の中のようで、それでも曖昧過ぎるわけではなく、意識の端で日常を把握していた。そのため、スキルはしっかり獲得できていたのだ。

「薬の効果は消えましたけど、あまり無理しないでくださいね」

「はい！　ありがとうございます」

彼女は既にシスターの装いで、教会にやって来る人々の相手をしていたようなのだ。間違いなく病み上がり。コウヤの再生魔法は完璧だが、それでも精神までは手を出せない。ゆっくりと今までの時間を取り戻すように、適応していって欲しい。

コウヤ達は、サーナの案内で教会の神官達の住居の方へ通された。そこにはベニ達三人のばばさまが揃っていた。

「よお来たなあ」

「まあ座りい」

「お茶淹れたでね」

空席に三つのお茶が用意されている。準備して待っていたようだ。

「そろそろ、領主殿が来られるかなと思っていたんだがねえ。対応してくれているのかね？」

「っ、神教国からの知らせをご存知なのですか？」

「予定より遅かったがねえ」

司教と司祭どちらかに欠員が出れば、すぐに神教国は新しい人員を送ってくる。今回は司教と司祭に加えて数名の神官までもベニ達に追い出され、空席となったのだ。

それを知れば、まずは不当に教会を占拠したベニ達をどうにかしろと言ってくる。そして、次の司教や司祭を送るための費用の確認がくるのだ。

だが、ベニ達の予想よりも遅かったらしい。何かあれば通信を行える魔導具を、司教と司祭は持っていたという。だが、彼らも隣の町に逃げ込んで、落ち着いてから連絡をしようとしていたのだろう。そのため、あちらの反応が遅れたというわけだ。

「あのバカ弟子が手を出したからだろうねえ」

「これ、セイ。あれはそういう生き方を選んだのだし、ああいうのを始末するのが生きがいみたいなものやったんよ？　仕方ないわ」

セイは鼻で笑い、キイが苦笑しながら一応窘める。すると、ベニが奥へ声をかけた。

「そこにおるやろう。出てきい」

ゆらりと出てきたのはルディエだ。彼は神官の服ではなく、出会った時と同じ服を着ていた。見すぼらしくはないが、黒一色のぴったりとした服だ。

「なに……あいつらを殺したのは悪いことだなんて思ってないよ」

ルディエはむっとした表情のまま、壁に背を預ける。

「それはどうでもええ。けどなあ、後片付けを魔獣に任せて、馬車はそのまま。証拠を残せば、何があったか兵隊さんが調べなあかんやろう？　教会の馬車なら神教国に知らせなあかんし、その調べるのはこの人らの仕事や。手を煩わせたんやから謝りい」

「なにそれ……あんなん朽ち果てるまで放っておけばいいのに。なに調べてんのさ。ヒマなんじゃない？　他にやることあるでしょ」

彼は今日もツンツンだ。だが、コウヤにはとっても微笑ましく見える。必死に虚勢を張っているようにしか見えないのだ。

「ダメだよ。神官でもそうでない人でも、こうやって調べてくれる兵の人がいるから、町の人達も安心できるんだ。何がそこにいて、何が起きたのかが分からなかったら、外に出られなくなっちゃうでしょう？　とっても大切で大変なお仕事なんだよ？」

何に警戒すればいいのかが分からなければ、どれだけの護衛が必要かなどの対策が取れない。正体不明の何かがいる――それは恐怖だ。だから、解明しなくてはならない。どんな魔獣に襲われたのか。何があったのか。身元が分かるのはその調査の副次的なものでしかない。

「ん……ごめん……なさい……」

「あ、いや。仕事だからね……」

ヘルヴェルスは、まだ十歳にも満たない見た目の少年に謝られるというのが、居た堪れないようだ。ベニ達やコウヤが普通に喋っているので、彼が実は凄腕の暗殺者で、殺した数も把握できないほどの大量虐殺犯だということをすっかり忘れている。

それに気付いたのは、お茶をすすっていたタリスだけだ。

「神官を殺したことより、遺体をそのままにしてたことの方を問題にしてるってどうなの？　これって、今注意してるの？　教育中なの？　ここって暗殺者育てる所？」

誰も答えなかった。静かに、ベニ達とコウヤがお茶をすする音だけが響いた。

「あの子のことはもうええとして、あの国は何を言ってきとるの？」

キイがヘルヴェルスへ話しかける。暗殺者って何だっけと混乱していたヘルヴェルスも、正気に戻った。

「あ、はい。すぐにでも司教と司祭の選定を終えて送るとのことなのですが、この町までは遠いので、移動に伴う多大な費用の請求もされておりまして……」

現在、領主であるレンスフィートは、神教国へどう回答すべきかを悩み続けている。人々が神に祈る場所は大事だ。だが、そこに住まうことになる司教達は、民達の富を取り上げる。それを知っても迎え入れなくてはならないことなのだろうかと。

「はっきりと申し上げてしまえば、お断りしたいのです。ですが、そうなれば神教国もそれなりの対応をしてくるでしょう。この国の一領主としての立場もありますし……」

教会を置くかどうかは領主が決める。

どれだけ領が貧しくとも、神に祈れる場所を用意する必要があった。すぐに用意できなくても、必ず町に一つ用意するというのが、国での決まりだ。これが守れないということは、民を虐げているものとされ、周りの国からも叩かれる。

その認識が浸透してしまっているが故に、完全にそれが神教会の罠だとしても、受け入れるしかないのが実情だった。

治癒魔法を使える者が見つかれば、すぐに教会の者が回収に動くし、仮に国が治癒魔法の遣い手を保護すれば神教国が黙ってはいない。そんな八方塞(はっぽうふさ)がりの状況で、領主であるレンスフィートは悩んでいる。だから、ヘルヴェルスは相談に来たのだ。

「ベニ様達が、神教国の司教と司祭であると認められるようにはできませんでしょうか」

そう。ベニ達が正式に司教と司祭と認められれば何の問題もないのだ。

「無理やね。資格は持っとるよ？　職業は間違いなく『大神官』やからね。それに加えて『大巫女』でもある。あの本国のバカ共が本当に神を崇めておるなら、誰も逆らえん最高位やわ」

「「「え？」」」

これには、ヘルヴェルスとタリスだけでなくルディエも驚く。

神職の最高位の者が三人。呑気にお茶をすすっていた。

ヘルヴェルスは、ベニ達が最高位の職業を持っていると聞いて身を乗り出す。

「そ、それならばやはりこのままっ」

「ダメだねえ。言ったやろう？　本国のバカ共は認めん。認めとったら、とっくにわたしらであの国を征服しとるわ」

「……」

なるほどと皆、思わず深く頷いてしまったのは仕方のないことだ。ベニ達は色々とやらかしている。

「ならもう、送られてくる司教と司祭を、使えるようにしちゃえばいいんじゃないの？　どうせあの国からは遠いんだから、分かんないでしょ？」

新司教達を味方に引き込むべしというタリスの言葉に、ヘルヴェルスも同意なのか、ベニ達の顔色を窺っている。しかし、ここでコウヤが一つの懸念を口にする。

「ですけど、それだと旅費が高く付きませんか？　言ってはなんですけど、きっとそういうところ、遠慮しませんよ？」

「うっ、確かにそうです……前司教と司祭を招いた時も国からの支援金だけでは到底足りず、領費をかなり注ぎ込んだと聞いています」

国からは教会用に毎年、一定の金額が支給されるのだが、そこに交代時の派遣費用も含まれている。

当然だが、神教国から遠ければ遠いほど費用は嵩む。派遣時についてのものは、あくまで一般的な神教国からの旅費で計算されているが、当然のように、教会の者達は遠慮なく高い宿に泊まり、ちんたらのんびり時間をかけてやって来る。そして、あとでとてつもない旅費を請求するのだ。

来てもらっている立場である以上、国がそれを非難することはできないが、余分に払う気もない。そんな立地にある領が悪いのだと、国は一定金額しか出してくれないらしい。

「そうさね。分かってるよ。無駄に高価な宿に泊まって、無駄に護衛騎士を引き連れてくるのだろう？　あれ、護衛を帰す時の費用もねじ込んで来ているよ」

「えっ、我々はまさか、帰りの分まで支払っていたのですか!?」

「なんだい。知らなかったのかい。まあ、調査しないわなあ。したところで文句言えんやろうし？」

「そ、そんな……」

ヘルヴェルスはもう呆然とするしかなかったのだろう。どうりで高いはずである。

タリスもさすがにそれは『ないわー』と呆れていた。

「うわあ、それ払いたくないねえ……でも、ならどうしようね？　来てもらうのは困るけど、あっちが認めた司教達じゃないと教会ってことにならないから、この国が困るよね？　まさか、治療費をボッタくる教会なんてもう要らないって、正直に言えないもんね？」

「はい……教会という神に祈る場所を民に提供するのは、国としての義務です。用意できないという選択は与えられません」

それが、昔から世界の常識だった。神の加護というものが存在するこの世界では、神は近く、確かな存在として認められたものだからだ。

「ねえ」

ウンウンと悩む大人達に、不意にルディエが声をかける。

「ルディエ君、どうしたの？」

コウヤが話しかけると、ルディエはちょっと壁から背を離して上目遣いで続けた。

「この国って、なんであの国の教会しかないの」

「どういうこと？」

「「「なるほど」」」

「あ～」

意味が分からずに首を傾げるコウヤとは違い、ベニ達三人はそうかと目を見開き、タリスはなんで気付かなかったんだろうと、呆れたような声を出した。

「私もよく分からないのですが。何か名案があるのですか？」

期待するようにヘルヴェルスはベニへ問いかける。当のベニは嬉しそうだ。

「他国ではなあ、神教国が認める、〝神という存在〟を崇める『神教』の他にゼストラーク神、エリスリリア神、リクトルス神、邪神となられたコウルリーヤ神のそれぞれの神をひと柱ずつ崇める四つの『神教』があるのさ」

国の環境が違えば、信じる神も違う。技巧を大切にするゼストラークの『創造神教』、全ての罪を許す愛を唱えるエリスリリアの『女神教』、力こそ全てと武を誇るリクトルスの『武神教』、そして人々の業や欲、罪を粛正しようと考える、邪神となったコウルリーヤを崇める『邪神教』があった。

だが、この国は全ての町で神教国の『神教』を推奨している。それは神教国だけが治癒魔法の遣い手を有しているからに他ならない。

「治癒魔法の有用性を知っているからこそ、『神教国』は国にまでなったんよ。死にかけても助かるっていう安心感には敵わん。もしもを考えた時、他のところよりも選ばれる。そうやって信者を増やしていったのよ」

一旦、数が集まった後は、その力で他を圧倒していった。国にまでなると信用度が違う。更には他の信仰を追いやり、『異端』として扱うことで、まんまとそれらの勢力を抑制したのだ。

「他国の町では、ひっそりとそういう教会を入れて、民心を安心させとるのよ。国が用意すべきなのは『神に祈る場所』やでねえ」

「なら、この町もそういったものを……ですが、そうなりますと司教様方の立場が……」

ヘルヴェルスは良い提案かもしれないと喜んだが、それではベニ達に結局出て行ってもらわなくてはならなくなると気付いた。ベニ達は一応、神教国の崇める『神教』の信徒なのだから。だが、そんな心配はベニ達には無用だった。

「別に構わんさね。ただ、そうなると治癒魔法の扱いがねえ……他のところは治癒魔法をまず使わないんだよ。それでは困るだろう？」

「そうですね……」

結局は、治癒魔法があるからボッタくりな神教国の神教を支持しているのだ。密かにとなると、いつまでも神教国とのゴタゴタが片付かなくなる。

そこで、再びルディエがぼそりと呟いた。

「なら、新しく作っちゃえばいいじゃん」

「!?」

ヘルヴェルスとタリスは息を止めた。

「「っ、なんと!?」」

ベニ達は目をクワッと見開いて、顔を見合わせた。

「治癒魔法使いを擁する新しい教えを作っちゃえってこと？　そっか。それも神職の最高位のばばさま達を頭にすれば、説得力も抜群かもね」

「うん……なんか、他のも違う気がするから……」

コウヤの呑気な解説に、ルディエは恥ずかしそうに目を逸らしながら頷いた。

「なるほど、なるほど。新たな神教か。よお考えたものだわねえ」

「それならば、神教国からわたしらが離れて派生させたものと納得もされやすい。皆も受け入れるだろうよ」

「バカ弟子がバカで良かったわ。普通は考えもつかんでなあ」

「……」

素直に褒められなかったことに、ルディエは不満そうだった。

「いいんじゃない？ っていうか、それしかなくない？ 国の面目も立つよねえ」

「は、はい。治癒魔法使いがいることが求められていましたから。問題はないかと。すぐにでも領主と話し合いを……」

タリスも名案だと手を叩き、ヘルヴェルスは領主である父のレンスフィートにする説明を考え出しているようだ。

そんな中、コウヤは他人事のように思っていた。どのみち、ゼストラーク達も自分の信者を特別扱いしたりはしていない。誰を信じようが、あるいは信じまいが構わないのだ。その証拠に、エリスリリアも加護を、自身の女神教の信者に特別に与えたりしていない。あくまで、世界を変化させ得る者に与えるだけである。

ただし、人々の祈りが、神であるゼストラーク達の力になるのも確かだ。神に力がある世界は安定する。それが環境に影響し、そこに生きる者達が健やかに育つ。魂は磨かれ、輪廻が正しく巡り、それらがまた世界に力を与えるエネルギーとなる。

決して、神は存在しないと思われてはならない。世界を維持するために、畏怖されつつも存在を誇示し続ける必要があった。

そんな事情もあり、個別ではなく『神』という存在に対して祈りを捧げる場所でさえあれば、コウヤは何でも良いと思っている。

実際、神教国のことも、祈る場所さえ提供していれば、教会の役目は果たしているため、コウヤも必要以上に干渉しようと思えなかったのだ。

「でも、名前どうするの？」

コウヤは何気ない気持ちでその言葉を投げかけた。完全に他人事で、どういう答えを出すのかを楽しむように。だから、こう言われるとは思ってもみなかった。

「『聖魔教』」

「……へ？」

その時の、真っ直ぐに真剣な表情でコウヤを見つめるルディエを見て、なぜか心底思った。この子は確かに『神子なのだ』と。

コウヤのキョトンとした表情を見て、ルディエはもう一度それを口にする。

「だから『聖魔教』ってのならありかなって……聖魔神様の教会……あってもいいでしょ……」

最後の方はちょっと恥ずかしそうに目を逸らしていく。だが、ルディエの話は続いていた。

「だって、もう邪神様じゃないんだし……誰も知らないの良くないと思う」

「……」

そういえばとコウヤは思った。

コウヤ自身でさえ、自分が『聖魔神』になったことを最近まで知らなかった。なぜなったのかは未だにゼストラークに相談できていないので分からないが、邪神が聖魔神になったなんてことは誰も知らないだろう。

コウヤはルディエの気持ちが嬉しかった。

「ふふっ、でも『聖魔神教』じゃなくて『聖魔教』って言ったのはなんで？」

「っ、優しいから。他の神様達と一緒にって思うかなって……思って……」

「うんっ。そうだね。できたらゼストパっ……他の三神とも一緒がいいね」

「っ、ん……」

ゆっくりで良い。邪神であったコウヤが聖魔神となったことを世界に広める。神族に戻ろうと願ってはいたが、その方法は全く考えていなかった。いずれと思っていたのに、おかしなものだ。それを、ルディエが示してくれた。

これにベニ達も賛同する。

「それはええなっ。昔は『創世神教』があったが、神威戦争の折に消えてしまったでなあ。四神を崇める者はおらんわ」

「魔工神様を崇めるのは全部『邪神教』に変わってしまったでなあ」

「そんならいずれそれらもまとめるか」

既にベニ達はこれ以降の話もしていた。

「え？　どういうことです？」

ヘルヴェルスは全くついていけなくて、タリスに助けを求めていた。当たり前だ。どうしてか、ベニ達は魔工神＝邪神＝聖魔神と分かっているようなのだが、普通は分かるはずがない。

　タリスはのんびりとお茶をすすりながら話をまとめる。

「この町から、いずれ世界中の教会をまとめる教えが始まるよってことだよ」

「……はい？」

　コウヤは大混乱するヘルヴェルスを気にすることなく、時折こちらへと目線を向けるルディエを見つめていた。男の場合は『神子』、女は『巫女』と呼ばれる彼らは、分かりやすく言ってしまえば『カリスマ』だろうか。磨かれた高潔な魂を持ち、周りの人心を惹きつける。そして、何よりも世界を変える力を持っている。

　コウヤがルディエと出会った時、彼は弱っていた。無魂薬は強力な薬だ。神薬を作ろうとして出来た物。それは失敗作ではあるが、ある意味完成された薬だった。

　強過ぎるその薬は、神子達の力さえも歪め、封じてしまっていた。その証拠が、ルディエが死を選んだことだ。神に神子達が愛されるのは、その選択を決してしないから。高潔な魂の光は、死の気配を遠ざける。

　神子とは、ただ真っ直ぐに、生きることができる者。その生き方が周りにも影響していく。

　無魂薬は長い生を渇望して作られていた。まるで、呪いのように。完成したそれは、確かに生に取り憑かれたものとなった。『死をも恐れぬ者』を作り出したのだ。

　その薬を、違った意味で強く生きようとする神子達が服用したために、おかしな効果を生み出した。『時を止める』というものだ。だから彼らは老いなかった。

一方で、神は死を否定してはいない。そのため、本来のアムラナは、ゆったりとした老いを与える。肉体と精神と魂の劣化を何十倍にも延ばすのだ。

コウヤが無魂薬について分析を行っていると、不意にルディエの状態に気付いた。

「あっ」

「え……」

ルディエも何かに気付いたらしい。唐突に分かるようになったのは、ルディエと繋がったから。未だ『邪神の巫女』であるナチとは違う、確かな繋がりを感じた。

ルディエは自身に追加された役割を感じ取ったのだ。

『聖魔神の神子』という職業を。

繋がりが出来たことでコウヤには分かった。無魂薬の副作用についてだ。

肉体の時間は止まっていた。しかし、ならば精神や魂はどうか。見た目では分からなかった。

精神や魂にまで影響をもたらすのは、神が作った神薬だからこそできたこと。紛い物を飲んだルディエは、精神も魂もボロボロだった。憎しみで歪んでしまった思いが、生き方が、本来の劣化速度よりも速くしていた。

神子という特殊な役割と神の加護が、なんとかギリギリの状態を維持していただけに過ぎない。

それを知った時、コウヤはすぐにルディエに対して、再生魔法よりも上である神力(しんりき)も込めた『回帰(かいき)魔法』を発動させた。

「えいっ」

「わっ⁉」

光がルディエを包む。数秒ではあったが、これによりコウヤは、ルディエの疲弊し、劣化した魂と精神さえも再生させたのだ。

「ふぅ……あ～、びっくりした」

「……」

何が起きたのか分からないルディエは、未だに自身の体を確認中だ。

「コウヤちゃん？　びっくりしたのこっちなんだけど？　何したの？」

「あ、ちょっと疲れてたみたいなので、治療したんです」

「そう？　なんかもっとすっごいことしてそうだったけど、そういうことにしておくよ」

呑気に話しながらも、コウヤは神界のエリスリリアへ、もう大丈夫だと語りかけていた。ルディエは、彼女の神子でもあるのだから。

その時、教会内にいた元無魂兵達は、全員エリスリリア達の力によって精神と魂を回復させていた。これを見た、教会を訪れていた多くの人々が、奇跡の光景として噂を広めていく。

更にこの後すぐに、新しくこの教会を『聖魔教』の教会とすると発表した。

すると、先ほどの『光に包まれる神官達』の噂に後押しされ、神に認められた教会としてあっさりと受け入れられたのだ。

こうしてここに『聖魔教』が誕生した。

これはいずれ世界中で認められる唯一の教えとなっていくのだが、それはまだ先のお話。

泣いて謝られても教会には戻りません！

追放された元聖女候補ですが、同じく追放された『剣神』さまと意気投合したので第二の人生を始めてます

婚約破棄され追放されたけど…

実は神様の癒しの力、持ってました!?

アルファポリス 第13回 ファンタジー小説大賞 大賞受賞作！

根も葉もない汚名を着せられ、王太子に婚約破棄された挙句に教会を追放された元聖女候補セルビア。

家なし金なし仕事なしになった彼女は、ひょんなことから『剣神』と呼ばれる剣士ハルクに出会う。彼も「役立たず」と言われ、貢献してきたパーティを追放されたらしい。なんだか似た境遇の二人は意気投合！

ハルクは一緒に旅をしないかとセルビアを誘う。

——今まで国に尽くしたのだから、もう好きに生きてもいいですよね？

彼女は国を出て、第二の人生を始めることを決意。するとその旅の道中で、セルビアの規格外すぎる力が次々に発覚して——!?

神に愛された元聖女候補と最強剣士の超爽快ファンタジー、開幕！

●定価：1320円（10%税込）　●ISBN：978-4-434-29121-0　●Illustration：吉田ばな

宮廷から追放された魔導建築士、
未開の島でもふもふたちと
のんびり開拓生活!
空地大乃
Sorachi Daidai
不遇の元宮廷建築士、
もふもふな使い魔たちと
建築しながら島ぐらし!!
とある王国で魔導建築を学び、宮廷建築士として働いていた青年、ワーク。ところがある日、着服の濡れ衣を着せられ、抵抗むなしく追放されてしまう。相棒である妖精ブラウニーのウニとともに海を渡った彼は、未開の島に辿り着き、出会った魔獣たちと仲良くなる。その頃王国では、ワークを追放したことで様々なトラブルが起きていたのだが……ワークはそんなことなど露知らず、持ち前の魔導建築の技術で建物を作ったり、魔導重機で魔獣と戦ったりと、島ぐらしを大満喫する!
●定価:1320円(10%税込) ISBN 978-4-434-28909-5 ●illustration:ファルケン

e, nouryokunasi de party tsuihou sareta ore ga zenzokusei mahou tsukai!?
えっ、能力なしでパーティ追放された俺が全属性魔法使い!?
~最強のオールラウンダー目指して謙虚に頑張ります~
著 たかた ちひろ
Ill. たば
無能と言われ続けた俺が全属性魔法使いに覚醒!!!
賑やかな仲間達と
楽しく謙虚に
暮らします!!
覚醒から始まる、一発逆転&成り上がりファンタジー!
冒険者のタイラーは、誰でも発現するはずの魔法属性がないことを理由に、ダンジョンの最奥に置き去りにされてしまう。しかし、幼馴染・アリアナの窮地を前にして、全属性の魔法を使えるという秘められた力が覚醒! アリアナとともにダンジョンを脱出したタイラーは、妹の病を治す薬草が超上級ダンジョンにあるという情報を得る。すぐにアリアナとともにパーティを結成しなおすと、冒険者として新たな目標に向かって再出発するのだった——

◉定価:1320円(10%税込)　ISBN 978-4-434-29000-8　◉illustration:桶乃かもく

もふもふが溢れる異世界で
幸せ加護持ち生活!
[著]ありぽん
ARIPON
和やかもふもふファンタジー!
加護持ち1歳児は
最強魔獣たちと自由気ままに成長中!
神様の手違いが元で、不幸にも病気により息を引き取った日本の小学生・如月啓太。別の女神からお詫びとして加護をもらった彼は、異世界の侯爵家次男に転生。ジョーディという名で新しい人生を歩み始める。家族に愛され元気に育ったジョーディの一番の友達は、父の相棒でもあるブラックパンサーのローリー。言葉は通じないながらも、何かと気に掛けてくれるローリーと共に、楽しく穏やかな日々を送っていた。そんなある日、1歳になったジョーディを祝うために、家族全員で祖父母の家に遊びに行くことになる。しかし、その旅先には大事件と……さらなる“もふもふ”との出会いが待っていた!?
◉定価:1320円(10%税込) ISBN 978-4-434-28999-6 ◉illustration:conoco
もふもふが溢れる異世界で
幸せ加護持ち生活!
[著]ありぽん
神様のお詫びで異世界の侯爵家に転生!
加護持ち1歳児は
最強魔獣たちと自由気ままに成長中!
和やかもふもふファンタジー!

この作品に対する皆様のご意見・ご感想をお待ちしております。

おハガキ・お手紙は以下の宛先にお送りください。

【宛先】

〒150-6008 東京都渋谷区恵比寿 4-20-3 恵比寿ｶﾞｰﾃﾞﾝﾌﾟﾚｲｽﾀﾜｰ 8F
（株）アルファポリス　書籍感想係

メールフォームでのご意見・ご感想は右のＱＲコードから、
あるいは以下のワードで検索をかけてください。

ご感想はこちらから

本書はWebサイト「アルファポリス」(https://www.alphapolis.co.jp/)に投稿されたものを、改稿、加筆のうえ、書籍化したものです。

元邪神って本当ですか!? 2
～万能ギルド職員の業務日誌～

紫南（しなん）

2021年　8月　31日初版発行

編集－矢澤達也・宮田可南子
編集長－太田鉄平
発行者－梶本雄介
発行所－株式会社アルファポリス
〒150-6008 東京都渋谷区恵比寿4-20-3 恵比寿ｶﾞｰﾃﾞﾝﾌﾟﾚｲｽﾀﾜｰ8F
TEL 03-6277-1601（営業）　03-6277-1602（編集）
URL https://www.alphapolis.co.jp/
発売元－株式会社星雲社（共同出版社・流通責任出版社）
〒112-0005 東京都文京区水道1-3-30
TEL 03-3868-3275
装丁・本文イラスト－riritto
装丁デザイン－AFTERGLOW
印刷－図書印刷株式会社

価格はカバーに表示されてあります。

落丁乱丁の場合はアルファポリスまでご連絡ください。

送料は小社負担でお取り替えします。


ISBN978-4-434-29272-9　C0093